Joseph Alois Gleich

Elisabeth Gräfin von Hochfeld oder Kabalen der Vorzeit

Ein Originalschauspiel aus dem 11. Jauhrhundert in 5 Aufzügen

Joseph Alois Gleich

Elisabeth Gräfin von Hochfeld oder Kabalen der Vorzeit
Ein Originalschauspiel aus dem 11. Jauhrhundert in 5 Aufzügen

ISBN/EAN: 9783743642935

Hergestellt in Europa, USA, Kanada, Australien, Japan

Cover: Foto ©Andreas Hilbeck / pixelio.de

Weitere Bücher finden Sie auf **www.hansebooks.com**

Elisabeth Gräfin von Hochfeld,
oder
Kabalen der Vorzeit.

Ein
Original-Schauspiel
aus dem eilften Jahrhundert in fünf Aufzügen.

Von
Aloys Gleich.

1791.

Personen.

Kaiser Heinrich IV.
Elisabeth, Wittwe Gräfin v. Hochfel[d]
Graf Albert von Buchingen.
Graf Dietrich von Laubenstain Heinric[hs] Marschall.
Hugo von Blankenau ⎫
Rudolf von Eichenrott ⎬ Ritter.
Friz von Mosheim ⎭
Berthold Hugos Knappe.
Haynim, Laubenstains Knappe.
Bertha, Elisabeths Zofe.
Ritter, Knechte, Gefolge des Kaiser[s]

Die Handlung geht auf Elisabeths und H[u]gos Burg und in der umliegenden Gege[nd] vor, gegen dem Jahre 1080.

Erster Aufzug.

(Zimmer der Gräfin Elisabeth.

Erster Auftritt.

Elisabeth. Bertha.

Bertha. Noch immer fließen eure Thränen? ihre Quelle noch nicht versiegt? wenn ihr nur itzt die Wolken von eurer Stirne scheuchtet, nur itzt wieder jenes angenehme Lächeln zurückkehrte, da Kaiser Heinrich eure Burg bewohnt.

Elisabeth. Mag er sichs hier gefallen lassen, mag alles, was ihn umgiebt, ihm Freude herzulächeln, die süße Einsamkeit, die Fantasie mit ihren gauckelnden Kindern behagt mehr meiner wunden Seele.

Bertha. Schwer preßt Kummer eure Brust, und jede eurer Thränen fällt auch auf mein Herz, so gerne wollt' ich alles anwenden, euch zu trösten! — gnädige Frau, ihr erlaubtet mir ja immer, frey meine Meynung zu sagen — Graf Gustav verdiente wohl diese heftige unbegränzte Liebe nicht — ich verseh euch — aber Gustav und ihr, so sanft, so voll Engelmilde, und er, wie trotzig, wie rauh, wenn er mit seinen Waffenbrüdern zechte, daß die Hallen von ihrem Gejauchz ertönnten — und eine solche Liebe —

Elisabeth. Schweig Bertha, wenn ich dir nicht zürnen soll. Gustaven befiel oft sehr üble Laune, aber auch manche gute Eigenschaft verdrängte diese Flecken; und hatt' ich ihm nicht alles zu danken? was für ein Schicksal dämmerte mir? mein unglücklicher Vater fiel im Getümel der Schlacht, unsre Burg wurde ein Raub der Flamme, kaum daß Flucht uns rettete; mein Bruder zoh in fremde Fehden, wo Ruhm oder Tod seiner warten sollten, aber wohin nun mit dem verlaßnen Mädchen? —

Bertha. Arme Gräfin Elisabeth!

Elisab. Meine Muhme nahm mich zu sich. Einst must ich mit zu einem Turniere, mitten im Walde stürmten Räuber auf uns, mein Geschrey zoh Hilfe herzu, ein gerüsteter Mann mit seinen Dienern entriß mich meinen Räubern, und brachte mich meiner Muhme wieder,

Bertha.

Bertha. Wie froh bin ich, daß ihr gerettet wurdet!

Elisab. Wie der Knabe des heitern Abends sich freu't, wenn ein stürmendes Ungewitter vorüber, so schlug auch mein Herz vor Freude hoch auf, mein Vetter Graf Gustav bat um meine Hand, und willig gab ich ihm dieß geringe Geschenk, das er als Belohnung seiner Mühe ansah (innig gerührt) ach was wuste das unerfahrne Mädchen damals von Liebe — Liebe zu ihm empfand ich nie, aber Dankbarkeit füllte die Winkel meines Herzens, und nun, da kaum noch ein Jahr uns dahinstrich, da der stette Umgang unsre Seelen immer mehr zusammen kettete, nun wurde er so schändlich gemordet, nun sind es schon beynahe 6 Monden, daß ein gewaltsamer Tod schnell zwischen uns tratt, und mich von dem, riß dem ich alles zu danken hatte.

Bertha. Der edle Gustav ist nun nicht mehr, lange schon birgt ein marmorner Sarg seinen Leichnam, und sein Schatten zürnt vielleicht über eure nie versiegenden Thränen.

Elisab. Ja gewiß, gewiß das wird er auch, o! Schatten meines Gustavs ich kann nicht, ich kann sie nicht hemmen diese Thränen, die deine heilige Asche entweihn — meine Bertha, laß mich mein Gesicht an deinem Busen verbergen.

8 Elisabeth Gräfin von Hochfeld,

meine Geheimnisse in deine theilnehmende Seele ergiessen — ach ich weine nicht allein um Gustaven — ich liebe einen Mann, an dessen Busen sich die schaffende Natur übertraf.

Bertha. Ihr liebt Gräfin? und so lange blieb mir dieß ein Geheimniß?

Elisab. Verschwiegenheit bringt den Saamen der Liebe am ersten zur Reife. So lange Gustav noch lebte, unterdrückte ich diese Leidenschaft, jeder Gedanke an ihm verlosch mit einen Kuß auf meines Gemahls Wange; aber nun, da die Stille der Einsamkeit mich umgab, da schlich sich die allmächtige Liebe, in mein unverwahrtes Herz, und behauptete ihr Recht.

Bertha. Und wird euch glücklich machen, wenn der Mann meiner Erwartung entspricht.

Elisab. Hugo von Blankenau nennt er sich (führt sie ans Fenster) siehst du dort links hin über die Au die Spitzen einer Burg? — Dort wohnt der Mann, den ich liebe — ach Bertha, eine sträfliche Liebe, die Gustavs Schatten noch beunruhigen wird.

Bertha. Welche Gedanken in euch aufkeimen, verscheucht diese Fantomen, euer Gatte wird sich freuen euer Liebe, und sie seegnen.

Elisab. Bereitwillige Trösterin — Sieh Bertha, es kömmt jemand die Treppe herauf, ich wünschte sehr für itzt allein zu seyn.

Zweyter Auftritt.

Vorige, Rudolph von Eichenrott.

Eichenr. (der während diesem hereingetreten.) Dann muß wohl auch ich mich entfernen?

Elisab. Mein Bruder! sey willkommen — deine Gegenwart hab' ich nicht vermuthet.

Eichenrott. Und ich bin also überlei hier?

Elisab. (zärtlich) Bruder! wer könnte wohl deine Ankunft vermuthen, da du von Burg zu Burg herum schwärmst, während deine Schwester allein auf ihrem Schloße ihre Fantasie zur Gefährtin hat.

Eichenr. Allein, und sind alle Gemächer angepfropft mit artigen Rittern, die paar Tage, die Heinrich in deiner Burg wohnt, kann sich ja ein so ungeschmückter Krieger, wie ich bin, kaum hier sehen lassen, so viele geschminkte und bepuderte Halbmänner lächeln mir entgegen.

Elisab. Aber unser große Heinrich —

Eichenr. Ja wohl, das ist er, ein Mann, o! nur einige tausende wie er, und die unter seiner Anführung, sie würden den grossen Erdball umformen, und beherrschen — aber dieß sind Luftgestalten, itzt findet man keine Männer mehr.

Elisab. Keine? —

Eichenr. Ja, doch, auf allen meinen Reisen maß ich genau, mit durchdringendem Blicke die Seele jedes Ritters, der mir aufstieß, und alle glichen einen Baum, der verwahrlost von Sturm und Gewitter bestürmt, auswuchs, und zur Mißgeburt ward — — nur einen fand ich, der sich über diese erhob. Schwester, einen Mann, der zu meinem Plane gediehen, mit den ich unserm Kaiser, unserm Vaterlande wieder aufhelfen will.

Elisab. Und der einzige wäre?

Eichenr. Sieh mich an Schwester — wie? noch roth dein Aug vom weinen? nun beim Himmel, das ist doch zu viel, ich dachte dich mit etwas zu erfreuen, aber deine Sinne sind noch in Nebel gehüllt, es kann ja kein Strahl von Freude durchdringen.

Elisab. Denkest du nicht mehr an Gustav?

Eichenr. Gustav? ja wohl denk ich noch an ihn, das war noch ein Mann von deutschen Biedersinne, der itzt nur in Urkunden, und im Munde seynwollender Patrioten zu finden ist — Aber Gustav ist nun nicht mehr; und du wirst doch nicht immer Wittwe bleiben?

Elisab. Ich? wozu diese Frage? (Friz von Mosheim will eintretten, hält aber zurück, und belauscht sie im Hintergrunde)

Eichenr.

Eichenr. Ohne rednerischen Schmuck, ich weiß einen Mann für dich, der noch ganz das ist, was einst unsre Ahnen waren — der einzige noch, den ich als Mann fand, aber freylich besitzt er einen großen, großen Fehler — er — ist nicht von Adel.

Elisab. Wenn nur der Mann sich selbst adelt.

Eichenr. (nimmt sie freudig bey der Hand) Brav gesprochen, aber leere Titel, Seifenblasen haben nun dicht unser Gefühle umkleistert, den ächten verehrungswürdigen Adel der Seele hat man verlernt, und eine Puppe geformt, der man Altäre baut.

Elisab. Aber Bruder wo willst du mit allen dem hin, dein Aufbrausen, deine schwärmerischen Grundsätze reißen dich wieder fort.

Eichenr. Wohl verfehlt ich mein Ziel, ich wollte dir den Mann mit dem schmeichelnden Pinsel der Uiberredung mahlen, und du weist schon, wie mir das gelingt — kurz also ich wünsche ihn als deinen Gatten zu sehen. Dir fielen durch Gustavs Tode ansehnliche Güter zu, durch dich erhielt sein Geist mehr Kraft sich empor zu schwingen, würde sich kühner aus seiner Sphäre reißen können; und ich wünsche dieß um so mehr, da ich weiß, daß er dich liebt, daß — du ihn liebst — du erröthest? (bedeutend) kennst du keinen Hugo von Blankenau?

Elisab

Elisab. (verwirrt) Hugo? von Blankenau —?

Eichenr. Ha selbst verrathen! sieh wie ich dir die Röthe ins Gesicht trieb! Und also für ihren Bruder hat Elisabeth Geheimniße?

Elisab. Verzeih mein Rudolf, n ich dir so lange verschwieg, was ich mir kaum selbst gestand, ja den einzigen wie du sagtest, den einzigen liebe ich.

Eichenr. Und dieß wähnst du wäre mir verborgen geblieben? nicht umsonst wählt man sich diese Zimmer, und sieht Stundenlange die Thürme von Hugos Burg an, nicht umsonst schleicht man sich beym Schimmer des Mondes in den Garten, und wenn sich dann ein Schlummer mit seiner schattigten Schwinge naht, lispelt man dann umsonst den Namen Hugo; o! über euch Liebenden, die ihr allen andern Aug und Ohr abstreiten wollt, weil sie euch selbst mangeln.

Dritter Auftritt.

Elisabeth, Bertha, Eichenrott, Friz von Mosheim.

Eichenr. Ha sieh Schwester, das ist jemand von Heinrichs Gefolge — Friz von Mosheim, ich hasse den Mann wie die Sünde.

Friz. (mit vielen Bücklingen) Gnädigste Gräfin, mein Gebiether, der edle Kaiser Heinrich, wird zu euch kommen sich selbst um euer Wohlseyn zu erkundigen.

Elisab. Elisabeth wird selbst für die Gnade seines Besuches danken, Dank auch euch Herr Ritter, Dank für euer Mühe.

Friz. Meine Schuldigkeit erlauchte Gräfin, meine Schuldigkeit. Unser gütige Kaiser hätte mich mit Millionen beschenken dürfen, es wär mir nicht halb so angenehm, als daß er mich würdigte, seinen Besuch bey euch Gräfin anzumelden.

Elisab. (scheint seine Rede nicht hören zu wollen. Friz geht zu Eichenrot, der ihm den Rücken wies.)

Friz. Ich schmeichle mir mit dem Vergnügen, euch Herr Ritter von Eichenrott den ersten guten Morgen zu wünschen. (Eichenrott dankt bloß durch Mienen) ihr entfernt euch immer von unsern guten Kaiser, der euch doch so gerne sieht.

Eichenr. Habt ihr diese Entdeckung erst heute gemacht?

Friz. Nein Herr Ritter, das sieht ja jeder deutlich, daß der edle Heinrich —

Eichenr. Seht mir doch einmal frey ins Gesicht, und sagt mir aufrichtig, was haltet denn ihr

ihr von unsern Heinrich? aber hüllt euch in keinen Schleier, laßt euch doch einmal ohne Falten sehen.

Friz. Ihr thut da eine dornigte Frage — was jeder Biedermann von ihm halten muß, er ist ein tapferer Krieger.

Eichenr. Wovon doch nicht ihr Augenzeuge waret? man sagt ja während der großen Flabenheimer Schlackt, wo Heinrich und Rudolf von Schwaben um die deutsche Kaiserkrone kämpften, seyd ihr krank im Lager geblieben — und doch sah ich auch ganz heiter beim Siegesmahl — doch die menschliche Natur ändert sich ja bald, Herr Ritter!

Friz. (mit verbißner Wuth) Ist möglich — ferner halt ich Heinrichen für einen Mann, seiner Krone würdig, für den jeder Edle sein Leben willig aufopfern sollte, wenn es die Nothwendigkeit heischt, und ich selbst würde bey Gott! —

Eichenr. (schnell) Schwört ja nicht, wenn ihr nicht haben wollt, daß ich zeitlebens auf keinen Eid trauen soll; ich glaub euch dieß ja aufs Wort —

Friz. Ihr werdet beleidigend, Herr Ritter.

Eichenr. Und ihr mir lästig (für sich) Ob dem Buben nicht der Schurke zum Aug heraus sieht.

Friz.

Friz. Und ich bin doch so gerne bey braven Männern.

Eichenr. (unwillig) Ich auch, drum meid ich euren Umgang.

Friz. Ha Ritter das war Beleidigung (ans Schwert schlagend) ich werde Genugthuung fodern.

Eichenr. Genugthuung? ihr? nun dann, wenn euer Blut so hitzig die Adern durchrollt, ich will euch wohl abkühlen. (er zieht)

Elisab.(herzueilend) Bruder was beginnst du?

Eichenr. Laß mich Elisabeth, ich will dem Mann ein Denkmal geben, daß er sich öfter da meiner in Gnaden erinnere.

Friz. (ausweichend) Hinderte mich nicht die Gräfin Gegenwart —

Eichenr. Sie soll euch aber nicht hindern!

Vierter Auftritt.

Vorige, Kaiser Heinrich IV.

Heinrich. (tritt staunend zurück) Was ist dieß? Friede hier, wer wagt es den Burgfrieden zu brechen, Hader und Zank anzuspinnen in der Gräfin Beiseyn? So weit ist es gekommen, daß man hier, wo wir nur Gäste sind, mit dem Schwerdte wüthet, und kämpft, da man mich in der Nähe weiß? und wenn ich dann meinem gerechten Zorne freien Lauf lasse, dann spricht man von Mäßigung? aber hütet euch, daß euch mein Schweigen nicht schädlicher werde, denn mein Wüthen. (Friz schleicht sich fort)

Eichenr. (zu Friz) Ich bleib euer Schuldner, Ritter!

Friz. (für sich) Will mich schon zahlhaft machen.

Heinrich. (gemäßigter) Guten Morgen liebe Gräfin Elisabeth, nun denk' ich werdet ihr doch meines Aufenthalts bei euch bald überdrüßig werden.

Elisab. Die drey Tage, die Eure Majestät meine Burg mit dero Gegenwart —

Heinrich. O schweigt Gräfin, was sollen aufgedunsene Schmeicheleien in eurem Munde? ihr wißt ich hasse sie — glaubt mir, nirgends behagte es mir so wohl wie bei euch, aber nun muß ich euch bald verlassen.

Elisab. Doch nicht sobald, wenn es nach meinem Wunsche gienge —

Heinrich. Wenn es nach unsern Wünschen gienge, dann würden wir uns Jahrelang nicht trennen, aber nur noch zwey Tage kann ich verweilen, noch ist alles in Unordnung, mein armes, itzt so sehr bedrängtes Deutschland bedarf zu sehr meiner thätigsten Hülfe, daß ich

ihm

ihm nur eine Stunde in Muße verschwelgt, entziehen könnte — und doch ist vielleicht all mein Bemühen vergebens —

Eichenr. So leicht wenigstens nicht, wie ihr euch anfangs möchtet geträumt haben. Ich kann nicht schmeicheln, spreche wie mirs hier aufsteigt, aber wenn ich so mit einem Blicke auf mein Vaterland hinsehe, da möcht ich blutige Thränen weinen ob der verdorbnen Sitten, wir haben zu kämpfen verlernt, und der deutsche Heldenruhm liegt in seinem eigenen Schutte begraben.

Heinrich. Wohl dacht' ich Anfangs anders, o! Rudolf, es schmerzt seine Mühe dahinschwinden zu sehen, wie den Streich des Ruders, der nur ein leeres Geräusche zurück läßt.

Elisab. Ihr dauert mich edler Herr, ihr gönnt euch auch kaum die nöthige Ruhe.

Heinrich. Da ich noch wieder den Nebenbuhler Rudolf von Schwaben im Felde stand, da dacht ich mir: troße kühn Heinrich den Gefahren, du wirst Lohn ärndten für deine Mühe; aber wohin ist dieß Luftbild täuschender Hofnung? Doch Geduld, ich will es wieder mit Riesenkraft auffaßen, noch glänzen biedre Männer um meinen Thron, und mit ihnen vereint, will ich kühn meine Stirne darbieten, und zei-

B gen

gen, daß Heinrich vor keinem Bannstrahl, vor keinem Wiedersacher zittre.

Eichenr. Dämpft ihn nicht den Sturm in eurer Seele, er wird noch Heiterkeit in der Natur schaffen, nur ist greift zu, und übersteigt jedes Hinderniß, und ihr werdet noch zufrieden lächeln in den Tagen eurer Ruhe. Ihr wurdet zum Fürsten gebohren, der nicht lässig seine Tage dahin schwelgt, und wir wenigen, auf die ihr euch stützen könnt, wollen alle Kräfte an euer grossen Arbeit anspannen — wenn nur nicht da noch der Tod unsre kleine Zahl minderte.

Heinrich. Ja wohl guter Gustav, durch dich verlohr ich viel, sehr viel. Gräfin! euer Gatte war ein Mann, wie ich wenige habe, den Mann verlohr ich hart, verlohr in ihm ein Glied meines eigenen Selbsts, werd' ihn nie vergessen — Laßt uns abbrechen, macht mein trauriges Gefühl nicht wieder wach, da es ohnehin nur in leisen Schlummer dahin liegt.

Elisab. (ihre Thränen trocknend) Auch ich verlohr einen Gatten, einen Retter in ihm, und werde lange bei seiner Asche weinen.

Heinrich. Da denk ich nun ganz anders liebe Gräfin, in diesem Stücke bin ich nicht eurer Meinung. Das Vaterland mag weinen, aber ihr nicht und wie nun, wenn ihr meinen Vorschlag

schlag annehmen würdet? — Ihr seyd noch in voller Blüthe der Jugend, noch im Besitz unverwelkter Reitze.

Elisab. Schont meiner mit Schmeicheleien, die Bläße meiner Wangen zeigt ja vom Gegentheil.

Heinrich. Ein heftiger Sturm machte die Rose bleichen, die aufgehende Sonne wird sie wieder im vollen Glanze röthen; ihr seyd schön und bescheiden; eure Hand könnte einen biebern Manne im reichhaltigen Maße belohnen.

Elisab. Woran ich wenigstens itzt nicht denke, noch ist mir zu neu Gustavs Tod, noch trag' ich Trauerkleider, und sollte die Flamme der hochzeitlichen Fackel schwingen?

Heinrich. Auch dann nicht, wenn Heinrich den Brautwerber machte?

Eichenr. (für sich) Hugo du stehst auf dem Sprunge.

Heinrich. Ihr antwortet mir nicht? (vertraulich) es ist mein Ernst meine Beste, ich weiß einen Mann, den ich eure Hand gönnte, er ist brav und edel, und euch am Range gleich.

Eichenr. Itzt aber denk ich, ist es immer noch zu früh für meine Schwester. Ihr kennt das glatzüngige Gericht, wie es tückisch lauert, und dann schnell auffährt, und sich weit herum verbreitet, was würde man sagen, wenn Elisabeth einem Manne ihre Hand am Altare reichte, da noch kaum Gustavs Todtenkränze welken, wenn die Kapelle von hochzeitlichen Liedern ertönnte, da noch der dumpfe Todtengesang im Chore rauscht?

Heinrich. Von allen Seiten wird mir also wiedersprochen? in jeden Stücke mir entgegengehandelt? (besänftigter) haben wir nur einmal eure Einwilligung liebe Gräfin, mit der Verbindung kann man schon noch verzögern. Doch glaubt ja nicht, daß ich euch zwingen wollte, überlegt es nun, und wenn ich zurück kehre, gebt mir Bescheid; der Mann, den ich euch zudachte, ist mein Marschall Graf Dietrich von Laubenstain.

Elisab. Dietrich von Laubenstain?

Eichenr. Laubenstain? und Kaiser Heinrich Dietrich's Fürsprecher?

Heinrich. Was soll diese Verwunderung? ich versteh euch nicht?

Eichenr. Und der Marschall wirbt also wirklich um meine Schwester?

Heinrich. Ritter, wollt ihr mich mit euren Fragen zu tote quälen? — — Lernt ihn genauer kennen, und er wird euch gewiß behagen, ich möchte nicht gerne zum Lügner werden, da ich ihm mein halbes Wort gab.

Fünf-

Fünfter Auftritt.

Vorige, Friz von Mosheim.

Friz. Gnädigster Monarch, sehnlichst wartet das ganze Gefolg auf Dero Gegenwart.

Heinrich. Lebt wohl, liebe Elisabeth, gegen Abend sehn wir uns wieder, ich besuche einen euer benachbarten Ritter, indeß überdenkt meinen Antrag, und lebt wohl. (ab)

Elisab. Um Gotteswillen Bruder rette mich, du weißt meine Liebe, meine tiefsten Geheimniße, o ich bitte dich, nur dießmal entzieh mir deine Hilfe nicht.

Eichenr. Sey ruhig Schwester, rechne auf mich. Wer hat deinen Neigungen zu gebieten? ich werd es nie zugeben, daß man dich, mit einem Manne verbinde, der durch Trug und List sich zu dem Ziele fortkrümmt, den der rechtschaffne mit gerader Stirn entgegen geht — und oft scheitert — Aber sey ruhig, auf Hugos Burg geht die Reise; und nun, lebe wohl.

Elisab. Ich will dich bis in dem Schloßhof begleiten. (beide ab)

Sechster Auftritt.

Friz, (der indeß unbemerkt im Winkel stand, dann) Laubenstain und Haynim.

Friz. (lähend) Ich bin Wahnsinniger, täusche dich und sie mit den trügenden Bildern deiner Plane, es tritt ja Friz in die Mitte, und kann mit einem Schlage dein mühsam aufgeführtes Gebäude zertrümmern — O ich will sie dir schon vergelten die manichfaltigen Beleidigungen, und sollt ich selbst unter den Trümmern meiner Rache begraben werden, ich will mich aus dem Schutte wieder emporkrümmen, und auf neue Vergeltung sinnen — Ha! ein treflicher Gedanke — Hugo soll Elisabeths Hand haben? verschmäht ist des Marschalls Antrag? gut Laubenstain, du kannst ja meine Rache fördern — durch dich will ich wirken. (Laubenstain tritt ein, mit Haynim) Ha! wie gerufen, nun angefangen den großen Plan (laut, aber so, als wär er in Gedanken vertieft) Du allein dauerst mich, edler, guter Laubenstain!

Laubenst. Wer nannte mich hier? ha Friz! — nun keine Antwort?

Haynim. Stört ihn nicht, er ist in heiligen Betrachtungen.

Lau=

Laubenst. Schweig Bube — Friz seyd ihr aus Steine gehaun?

Friz. Daß ihr es wäret Graf, daß ihr es wäret, wahrlich an euch begieng die Natur einen großen Fehler, da sie euch schuf.

Laubenst. Ritter, seyd ihr toll?

Friz. Nein, aber ein Mährchen könnt ich euch erzählen, daß euch selbst toll machen wird. — Einen Ritter kannt' ich, der sich viele Mühe gab, eine Taube zu fangen, zwar war es nur eine Taube, und doch floh sie, eh er sichs versah einen andern zu, und lachte seiner — ha! ha! ha!

Laubenst. Mann mit deinem teuflischen Lachen, soll mir das Mährchen? wer ist die Taube, meine Elisabeth?

Friz. Ihr irrt euch Graf, das Wort Meine ist hier zu viel, wenn ihr anders die Gräfin hier meynet, wo ihr vielleicht Pathe des ersten Kindes seyn könnt.

Laubenst. Ihr seyd bey Gott von Sinnen, gab mir nicht Heinrich sein Wort für mich zu sprechen? nicht so Haynim — nun bist auch du verstummt?

Haynim. Ihr befahlt mir zu schweigen.

Laubenst. Reden sollst du aber itzt.

Haynim. Nun, so will ich euch rathen, traut den Großen nie zu viel aufs Wort, den bei so

vie=

vielen Versprechungen laſſen ſich leicht einige überhüpfen.

Laubenſt. Tod und Verderben! Eliſabeth würde nicht mein? ſagt, ſagt Friz! wer iſt mein Nebenbuhler, daß ich ihn zerdrücke mit meinen Händen wie einen Schwam, und mich an ſeinem Blute labe?

Haynim. Ihr vergeßt Herr, daß bey Hofe die Wände Ohren haben.

Friz. Hugo von Blankenau iſt euer Nebenbuhler.

Laubenſt. Hugo von Blankenau? der, der iſt es, den das Schickſal zwiſchen mich und meine Hofnungen warf? du alſo ſtehſt mir im Wege? o ich will dich vertilgen aus der Schöpfung, daß keine Spur deines Daſeyns übrig bleiben ſoll — Haynim! Haynim! (rüttelt ihn) o! du Klotz von einem Manne, ſchaffe Rath, Hugo muß fort, fort, oder dein Kopf bezahle mir dieſe Läßigkeit.

Haynim. Ihr ſpielt ſehr gerne Wageſpiel mit unſern Köpfen, mit andern will ich euch ſchon ſpielen helfen, aber meiner ſteht noch zu feſt, und euren — könnt' ich ja nicht einmal brauchen — — Iſt es denn eine Rieſenarbeit, des ungebetnen Gaſtes los zu werden, ich und Ritter Friz —

Friz.

Friz. Rechnet auf mich, soll ich nicht enden, was ich begann? war nicht ich es, der euch durch Gustavs Tod einen Weg bahnte? ha! wenn ihr gesehn, wie ich ihm den letzten Stoß gab —

Haynim. (schnell) Das lügt ihr in eure Seele Ritter, durch mich empfieng er ihn, während ihr im Gebüsch die Armbrust abdrücktet.

Laubenst. Werdet ihr euch zanken, welcher Gustavs Mörder war?

Haynim. Er soll mir aber nicht ein Verdienst rauben, das ich mir erwarb.

Laubenst. O schweigt doch einmal, es wallt in mir, wie glühendes Metall, den Erdball wollt' ich umklammern, und seine Grundfeste erschüttern, während die Memmen hier stehn, und die flüchtige Zeit um die wirksamste That betrügen — o es ist unerträglich! (wirft sich in einen Stuhl)

Friz. Als ob es keine Dolche mehr gäbe!

Haynim. Was Dolche Ritter, das wäre unrühmlich gehandelt, ein Mann wie Hugo muß nicht hinterlistig aus der Welt gestoßen werden.

Friz. Du bist tapfer Haynim, aber dieß taugt gerade nicht in meinen Plan, uns können nur Gift und Dolche helfen. List untergräbt schleichend die Feste seines Feindes, bis die Trümmer unvermuthet einstürzen, und hat so eher ihren

ren Plan erreicht, als Tapferkeit, die sich nur gar zu oft an der Mauer die Stirne zerschlägt.

Haynim. Soll ich euch die Ursache sagen? weil ihr nicht Muth genug habt; ihr gleicht der Schlange, die den schlafenden Wandrer mit Gift anbläst, und sich dann ins Gebüsch verkriecht.

Friz. (stampfend für sich) Daß mir der Bube dieß ungestraft sagen darf — — aber wie? Graf! haben euch der Gorgone Schlangenhaare berührt? oder habt ihr die Sprache verlohren.

Laubenst. Und ihr müßt noch eine Zunge gefunden haben, denn ihr plappert wie eine Mühle, wahrlich, eure Mutter möcht ich gekannt haben, an euch gebahr sie die Frucht aller ihrer Sünden — Ihr seyd geschwätzig, wie ein Weib, eine Schlange in euren Ränken, ein Tieger im Rächen, und im Kampfe — aber was soll ich mit euch noch Worte wechseln.

Friz. Ganz recht Herr Marschall, aber nur noch eine Frage an euch: ihr werdet doch den edeln Hugo bei Elisabeth aufführen? und nun lebt wohl, und denkt an den Tieger und Schlange. (will fort)

Laubenst. Friz! Friz was wollt ihr beginnen, wollt ihr selbst über uns triumphiren lassen, wenn die Bundesgenossen der Hölle sich entzwegn? hört Ritter, die Hälfte meiner Haabe sey euer, wenn ihr mir dießmal eure Hilfe nicht versagt.

Friz. Top Herr Graf, ich bin bereitet, und nun kommt, laßt uns die besten Rosse besteigen, wenn wir noch den Zug des Kaisers erreichen wollen.

Laubenst. Die Burg meines Feindes soll ich betretten?

Friz. Ho Graf! da müßt ihr euch verstellen können — doch kommt nur, kommt, wir wollen ihnen nachjagen. (beyde ab)

Zapnim. Und wie die Pest, Verderben mitbringen.

Ende des ersten Aufzugs.

Zweyter Aufzug.

(Saal auf Hugos Burg.)

Erster Auftritt.

Hugo von Blankenau, Berthold.

Hugo. Laßt ab quälende Fantomen, ich unterliege eurer Last — auf immer ist Ruhe aus meiner Bruſt entwichen, was iſt Tapferkeit, was Ruhm, wenn es hier, hier wüthet und tobt, wenn es mich foltert wie das nagende Gewiſſen den Mörder, mich zu erſticken droht, und ich kaum nach Luft ſchnappen kann.

Berthold. (der ihn lange ſchweigend betrachtet) Ritter Hugo! nun kennt ihr mich nicht mehr?

Hugo. Ich muß erſt mich ſelbſt kennen lernen — du biſt mein alter treuer Berthold.

Berthold. Ja Herr das bin ich, treu euch, treu ſo lang ich noch dieſe grauen Haare trage.

Hugo. O laß dich umarmen, du erſchienſt mir oft wie der Strahl der Sonne im Sturme meiner Leidenſchaften — aber wie? du haſt dich in Rüſtung gehüllt?

Berthold. Ja Herr, das hab' ich, weil ſich meine alten Knochen da nicht mehr nach meinen Willen fügen wollen, da dacht ich mir: konntet ihr die Rüſtung tragen, als ihr noch markigt und feſt ward, ſo ſollt ihrs auch itzt, ihr ſollt zeigen, daß euer Herr noch von alten Schrott und Korn iſt, und nicht den Druk des Eiſens ſcheut — und wenn ich's euch aufrichtig ſagen ſoll, ich wollte mich in den Panzer hüllen, daß dieß ungeſtüme Herz hier nicht ſo laut pochen kann, meiner Seel' es möcht mir zerſpringen.

Hugo.

ein Schauspiel.

Hugo. Auch du klagst Berthold, über wen rufest du Weh!

Berthold. Uiber euch Herr, über euch — seht diese Locken, sie sind in eures, und eures Vaters Diensten mit Ehren ergraut, aber ich schwör es euch, in meinem ersten Feldzuge wünscht ich von den Hufen meines Rosses zertreten worden zu seyn, — O! Herr Ritter, es ist grosser Jammer, ihr habt schwere, schwere Verantwortung.

Hugo. Verantwortung?

Berthold. Habt ihr schon erfüllt eure Pflichten, die ihr dem Vaterlande schuldig seyd? — als ihr noch vor einem Jahre mit mir auf den Warten eurer Burg herumgienget, da sagtet ihr: braver Berthold, mir behagt die schwüle Ruhe nicht, ich muß in fremde Fehden ziehn, mein Schwert rostet in der Scheide. Sagtet ihr nicht so? und ach — es wäre beynahe verrostet!

Hugo. (auffahrend) Was sagst du?

Berthold. Ihr, ein Ritter dem Feuer und Muth aus dem grossen Heldenaug flammte, dessen ruhige Stunden thätig dahin floßen, ihr fielt auf einmal in einen Todesschlaf eurer Seele, wo war er hin, jener hochfliegende Geist, der nach kühnen Thaten lechzte? war sie nicht verloschen die Flamme, die in eurem Busen loderte?

derte? — Ihr hörtet auf zu handeln, eh noch das Alter euch ruhen hieß.

Hugo. Berthold, Berthold dieser Vorwurf mir itzt?

Berthold. Hört mich weiter. Ihr ward nicht mehr der nemliche, alle eure Seelenkräfte schlummerten, da dacht ich mir, du willst sie aufwecken Alter, und hatte mir auch nicht ganz umsonst von eurer Thätigkeit auf der Bahne des Ruhmes träumen laßen — Die Fehde zwischen Heinrich und Rudolf von Schwaben brach aus, Deutschland hatte zwey Kaiser, und in ihrem Eingeweide wüthete Bürgerkrieg; dieß war mein Signal, und ich spornte euch an zu kühnen Thaten, schaffte Nahrung eurem Geiste.

Hugo. Und ergrif ich sie nicht? that ich nicht das meinige?

Berthold. Und hättet ihr das nicht gethan, Herr ich wäre nicht bey euch geblieben, wäre hinausgezogen in eine Wüste, und hätte geweint, daß sich ein Glied von Deutschlands Stützen losgerißen, und in ihr nichts versunken sey. — Ihr folgtet meinem Rufe, und Herr Ritter, bey jeden Schlage, den euer furchtbares Schwert that, glühten meine Wangen, und es pochte mir laut unterm Panzer herauf.

Hugo.

Hugo. O schweig mein lieber, deine Worte dringen tief in mich — was willst du mit dem allen?

Berthold. Klagen will ich, daß der schöne Taumel so schnell entflohen, daß ihr wieder Monenlange in Unthätigkeit versunken seyd, daß euer Schwert — wieder rostet.

Hugo. Ha laß stürmen wieder meine Burg, laß nahen die Schaaren von Feinden, und dann sieh Alter, dann sieh, was Hugos Arm, was sein Schwert vermag.

Berthold. Also reizen muß man den Löwen, wenn man seine Stärke glauben soll, wähnt ihr es sey nun alles gethan, weil Rudolf nicht mehr ist? O mein Hugo, Heinrich bedarf euer itzt mehr als jemals, und ihr wollt nicht vollenden, woran ihr schon Hand angelegt?

Hugo. Wollt es gerne, aber ich schäme mich vor mir selbst, wohin ist mein Mannsinn? jede meine Fiebern erschafft, — O Berthold, du weißt nicht, was in mir herrscht, und alle meine Wirkungskraft hemmt, dein kaltes erstarrendes Blut kennt nicht das Feuer, das mich verzehrt.

Berthold. Glaubt das ja nicht, ich weiß was in den geheimsten Winkeln eures Herzens vorgeht, ich kenne die Mörderin eures Ehrgeizes, sie heißt Liebe.

Hugo. Liebe! — ja Liebe, sie ists, sie ists,

die

die mich still stehen hieß, auf meinem Wege, die meinen Riesenschritt hemmte, und mich nun zur Puppe machte, daß ich mich selbst nicht besehen mag — O! wenn du sie nur einmal gesehen diese Elisabeth — O! Berthold, das Weib ist ein Engel, unwiderstehlich riß mich ihr Zauber hin — ja, bei ihrem Anblicke war es das erstemal, daß ich mit dem Schicksale haderte, das mich nicht zum Grafen werden ließ.

Berthold. Ihr seyd tief, sehr tief gesunken!

Hugo. Sie sehen, und alle meine Empfindungen standen stille; ein unzertrennliches Band fesselte sie an Gustaven, und mein Biedersinn hieß meinen liebeberauschten Geist in seine Sphäre zurückkriechen — ein unnennbares Feuer durchwühlte meine Adern, dein Ruf zur Schlacht kam mir erwünscht, ich drängte mich der drohendsten Gefahr entgegen, und fand den Tod nicht — — — Nun erscholl die Nachricht, Graf Gustav sey nicht mehr, und, o Berthold schäme dich deines Herrn nicht, ich war vielleicht der einzige der bey der Falle eines so großen Mannes nicht klagte.

Berthold. Gustav starb, und nun? —

Hugo. Nun ist Elisabeth frey, aber nicht für mich — Ich kehrte zurück, wollte mit ihr von Liebe sprechen, aber die Sprache war mir nicht zu Diensten, nun bin ich wieder traurig auf mei=

meiner Burg, will mich selbst aus dem wüsten Schlummer reißen, aber ich kann nicht.

Zweyter Auftritt.

Vorige, Rudolf von Eichenrott.

(Berthold kehrt sich bei dem Geräusche des kommenden zur Thüre, er trocknet sich eine Thräne ab.)

Berthold. (im Abgehn zum eintrettenden Eichenrott) Rettet ihn, er ist auf immer verlohren.

Hugo. Willkommen liebster bester Eichenrott.

Eichenr. (mit herzlichen Handschlag) Willkommen Freund (sieht ihn starr an) Nun bist du noch nicht geheilt, tiefsinniger Schwärmer?

Hugo. (drückt ihn an die Brust) Für meinen Kummer ist keine Pflanze unsrer Erde entsprossen.

Eichenr. (halb unwillig) Unsinniger!

Hugo. Zürne nur nicht mein Lieber, ich kenne den Zweck deiner Bemühung, leiten willst du mich auf den Wege großer Thaten? o! Rudolf, laß den Strauchelnden, daß er dich nicht hindere, laß mich mir selbst über.

Eichenr. Daß der Mann voll Kraft am Feuer sitze, und mit den Andenken seiner vorigen Thaten, die ihm itzt unmöglich scheinen, wie mit den Marionetten eines Schattenspieles tändle — Hugo du verdienst meine Liebe nicht.

Hugo. Aber dein Mitleiden.

Eichenr. (sich besinnend) Nein Freund, noch ist es mir zu neu, was wir einst mitsam wagten, noch sind zu frisch in mir die Szenen deiner vorigen Größe, komm, stütze dich an mich, Heinrich braucht Männer, ich will dich wieder Dir selbst geben, ich weiß ein Mittel, daß deiner trüben Seele ihren vollen Glanz schaffen kann — Elisabeth liebt dich.

Hugo. (wie durchdonnert) Elisabeth liebt mich? (Pause, in der er sich ermahnt) Rudolf, du warst mein Freund, deine Seele schien mir aller Fehler baar, aber du hast sie mit einem großen Flecken gebrandmarkt, hast unser Freundschaft entweiht, meiner gespottet.

Eichenr. Hugo, du bist krank, sehr krank, und nur die bey Gott verzeih ich diese Rede, mein Wort ist dir nicht genug? (man hört Trompeten vor der Burg)

Eichenr. Ha, Kaiser Heinrich kömmt, er will heute dein Gast seyn, ich ritt ihm vor, vergaß im Taumel ihn zu melden — Hugo, sey ein Mann, und erheitre dich — gieb mir deine Hand darauf. (sie geben sich die Hände)

Drit-

Dritter Auftritt.

Vorige, Heinrich, Graf Laubenstain, Friz, Gefolge.

(Eichenrott und Hugo eilen ihm entgegen.)

Heinrich. Dank euch mein Lieber, für euren wirthlichen Empfang.

Hugo. Sie eure Majeſtät hier zu ſehen, ich bin nicht vorbereitet —

Heinrich. (ihn auf die Schulter klopfend) So beſuch ich gerne meine Lieben, unvermuthet auf ihren Schlößern ſie überraſchen, das thu ich gerne, ich komme nicht als Kaiſer, als Freund zum Freunde, und ſo will ich auch heute bey euch ſeyn.

Hugo. Eure Gnade!

Heinrich. Schweigt Ritter, wenn ihr mich nicht zum letztenmal wollt hier geſehen haben. Ihr kennt mich noch nicht, ich haſſe das ſteife Ceremoniel, warum ſoll ich mich in Formeln zu reden und handeln einſchränken, da es mir ſo beſſer gefällt; ſeh das Kriechen und Schmeicheln ſo immer vor mir, da liſpeln ſie erkünſtelte Lob=reden, und im Herzen, wenn man da hinein bringen könnte — warum nicht geredet, wie man hier es fühlt?

Eichenr.

Eichenr. Weil itzt den wenigsten mehr die Wahrheit behagt, die arme Göttin hat man mit so vielen Lumpen umhüllt, daß man sie ja gar nicht mehr kennen kann.

Heinrich. (zu Hugo) Ich will heute euer Gast seyn Herr Ritter — aber wie? ihr seht so traurig, seyd ihr noch immer der nämliche Träumer? O! ich weiß es noch gar zu gut, wenn sich das ganze Heer eines Siegs freute, da wart ihr der Einzige, der troz seines thätigsten Beystands, stumm die Tafel der Lärmenden mied.

Hugo. Jeder Mensch hat eigene Launen, ich bin zur Schwermuth gebohren, und kann sie nicht verbannen, troz aller meiner Bemühung.

Heinrich. Zwingen sollt ihr euch ja nicht, auch ich bin oft von sehr übler Laune, aber euch fehlt Beschäftigung, die stille Ruhe verbreitet diese Nebel um eure Seele — Wie nun, wenn ich euch befreyen würde von dieser übeln Laune? wenn ich eurem Geiste Nahrung verschaffte?

Hugo. Ich würde mit Dank diese Gnade annehmen.

Heinrich. Ich nehm euch beym Wort, ich brauche Männer, auf die ich mich stützen kann, wir haben noch große Arbeit vor uns, und euch wünscht ich in dieser Anzahl zu sehen — Doch bey der Tafel ein mehreres, kommt Ritter, ich

will

ein Schauspiel.

will mir heute recht gütlich thun bei euch, will dann in eurem Gebiethe jagen. — Und dann zieht ihr mit mir auf Gräfin Elisabeths Burg.

Hugo. Gräfin Elisabeths Burg?

Heinrich. Ja Ritter das müßt ihr, ich nehme heute keine Entschuldigung, gegen Abend treffen wir dort ein, und wollen die gute Gräfin recht wacker beschmausen.

Hugo. (leise zu Eichenrots) Freund, Freund! unterstütze den Wanckenden. (sie geleiten den Kaiser zur Tafel.)

Vierter Auftritt.

Laubenstain, Friz, Haynim.

Laubenst. (ihnen nachsehend) Endlich sind sie fort, und ich kann meiner Zunge freien Lauf lassen. O Laubenstain, was ist aus dir geworden? gleichest du nicht einem zaghaften Knaben, der die Ruthe scheut? gelassen konnt ich es sehen, wie der Bube des Kaisers Gunst stahl — Heinrich selbst führt ihn hin, daß er Elisabeths Hand um so eher sich erschleiche — und was thut Laubenstain? gelassen sieht er zu, wie man ihm alle seine Hofnungen zernichtet — * schändlich, schändlich!

Haynim. Herr Graf, ihr habt euern Verstand in die Flucht gejagt!

Friz. Laß ihn Haynim, bis er ausgetobt hat.

Laubenst. (in äußerster Wuth) Mann mit jenem Zuge von Schlauheit, der unverkennbar in deine Stirne gegraben, und dich zu meiner Stütze reifte, sprich, wie kann ich mich rächen? O sag was soll ich beginnen? meine Wuth ist unerreichbar, gegen Millionen Teufel wollt ich kämpfen, und die empörte Hölle in ihre Tiefe zurückschleudern.

Friz. Aber Herr Marschall, müßt ihr denn immer brausen, wie der stürmende Ocean? könnt ihr euch denn gar nicht mäßigen?

Laubenst. Mäßigen? ich mich mäßigen? wären mir nicht wie einem Knaben die Hände gebunden, und ihr solltet sehen, was der vermag, dem man alle seine Hofnungen raubte. Nein Friz, beim Himmel nein, ich lasse mich nicht mehr leiten am Gängelbande düstrer Zukunft, ich will Gewißheit haben meines Schicksalls, will nun mit Gewalt durchbringen, und dem Verhängnisse trozen oder unterliegen.

Friz. Ich bitt euch Graf, seyd ruhig, und ich will euch einen Plan entdecken.

Laubenst. Ich bin es ja, ich bin es — ha wie er izt kriechen mag um den leichtgläubigen Hein=

ein Schauspiel.

Heinrich den wahren Wetterhahn, der sich bald auf diese, bald auf jene Seite neigt — o! Hugo könnte mein Blick dich zermalmen! — nun Friz, werdet ihr noch nicht beginnen, ich bin ja ruhig.

Friz. Hört was ich entwarf, einen Plan, der gewiß nicht mißlingt, wie? wenn wir das große Hinderniß wegräumten, ohne das man uns Schuld beimessen könnte?

Laubenst. O! so macht doch fort, heute seyd ihr entsetzlich langweilig —

Friz. Hört Graf, es ist nicht gut, wenn wir unsre Hände mit seinem Blute beflecken — aber wähnt ihr etwa es sey Furcht vor dem Luftbilde, kommender Reue? Da irrt ihr euch, einen Mann muß nichts reuen, meine Hand mit den Dolche bewaffnet, ist zu allem bereit, aber wir müssen unsre Rache nicht auf ihn allein einschränken — Hugo falle durch Heinrichen.

Laubenst. Durch Heinrichen?

Friz. Ja Herr Marrschall, aber nur stille zu Werke gegangen, daß man unsre Spur nicht wittre. Hugo muß vor Heinrichen angeklagt werden, er liebt ihn, und so könnt ihr diesen um so eher bereden, nur vor einer kleinen Anzahl Ritter den Beklagten zur Rede stellen, denn — aber es behorcht uns ja niemand — denn wie bald könnte er den Schuppen vor den Augen der

Rich=

Richter reissen, und unser ganzes Gewebe stünde nackt vor ihnen.

Laubenst. O laßt euch umarmen Friz, ihr könntet eine Hölle überlisten — aber welches Verbrechen — —

Friz. Da laßt mir die Sorge, ich will ihm etwas aufbürden, das ihn selbst in Elisabeths Augen als Scheusal darstellen soll — ihr staunt? die Freude mahlt sich auf eurem Gesichte? meine Hand darauf, ich täusch euch nicht — Ihr wißt, man fand Gustaven ermordet, und habt ihr auch bedacht wo? in dem Wäldchen, das zu Hugos Besitzung gehört, und also — aber ihr versteht mich ja ohne dieß.

Laubenst. Friz, Friz euch haben die Furien zu meinem Dienste gebildet, ihr seyd mit mir in gleichem Gestirne gebohren, und durch unauflößliche Bande an mich gekettet — Dank euch, noch einmal herzlichen Dank, eure Schlauheit hat nun ihr Meisterstück vollendet.

Haynim. Und doch dünkt es mich nicht so ganz vollkommen dieß Meisterstück, wozu die Umschweife, geht ihm geradezu auf den Leib, und stößt ihn nicht von rückwärts in die Grube, es ist ja doch immer besser.

Friz. Schweigt lieber, wenn ihr so rathen wollt.

Haynim

ein Schauspiel.

Haynim (unwillig.) So krieche Schlange, bis du dich wundwetzeſt.

Laubenſt. Aber noch eines Ritter — wer wird ihn anklagen? wer wird dieſes wagen?

Friz. Das muß ein Mann ſeyn, der Kühnheit genug beſitzt es auszuführen, auf deſſen Treue man feſten Fuß faſſen kann, der nur ſehr wenig um Heinrichen war, und dieſer iſt — Haynim.

Haynim (ſchnell.) Nein Ritter, daraus wird nichts, wenn ihr einen Tuckmäuſer mehr braucht, ſo wählt euch einen andern.

Friz. Haynim, denke, daß es Pflicht iſt, deinen Herrn zu dienen.

Haynim. Nein ſag' ich ein für allemal, nein, und eh laß' ich meinen Kopf an einen Pfahl binden, und im Land herumtragen — ja Herr, ſagt mir: geh hin itzt, und mord' ihn mit dem Schwerdte, hier meine Hand drauf, ich geh — aber zu einen Schleicher ſollt ihr mich nie bereden.

Laubenſt. (nach einer Pauſe.) Haynim, ſieh mich an, was iſt dieß für eine Narbe hier auf der Stirne?

Haynim. Müßt ihr mich daran erinnern? ihr dank' ich mein Leben — Herr ich muß ſie küſſen.

Laubenſt. Und ſieh, ich bitte dich dieſer Narbe willen, weigere dich dießmal nicht, tritt nicht aus unſern Bund.

Haynim (sich besinnend.) Herr —, es sey, damit ihr seht, daß ich dankbar bin — und nun sagt an Ritter Schlaukopf, was ist meine Rolle.

Friz. Still, still, ich höre kommen, auf der Jagd ein mehreres, fort, fort!

Laubenst. Friz, stellt es klug an. (mit Haynim ab.)

Friz. Klüger als du denken wirst — Angesponnen wär' es, nur leise Friz, nur leise, um damit einmal hervorbrechen zu können — hab' ich mich nur an Eichenrott gerochen, nur die Verbindung mit Hugo vernichtet, dann Laubenstain hast du es mit mir zu thun, Friz wird noch selbst Elisabeth als Beute fortführen, und über alle lachen. (schnell ab.)

Fünfter Auftritt.

Hugo (kömmt von der Tafel mit ineinander geschlungenen Armen.)

Ohnmöglich! sollte mich Eichenrott getäuscht haben? sollte dieß nur List seyn, mich meiner Thatlosigkeit zu entreißen? — Schwarz wie die Nacht drängt sich dieser Gedanke vor meine Sinne — — und es ist auch so, guter Rudolf, mich täuscht man nicht so leicht, ich habe Menschen kennen gelernt, haßte sie, konnte nur im
Bilde,

Bilde Elisabeths ihr Freund seyn, aber ihren trügenden Possenspielen leih ich kein Ohr — Hugo was ist aus dir geworden? selbst Mißtrauen wurzelt in meiner düstern Seele, nein dich will ich verbannen, fürchterliche Furie —— Eichenrott sprach wahr, wahr? wie der Gedanke mich beleben könnte, daß das Blut heiß die Adern durchrollt,

Sechster Auftritt.

Hugo, Eichenrott, einen Becher in der Hand.

Eichenr. Hugo? wo bist du?

Hugo. Siehst du mich nicht, Freund?

Eichenr. Du bist Hugo? du? fort trügendes Luftgespenst, dich sucht kein Eichenrott, jenen Hugo will ich, der sich im Schlachtgetümmel als Mann zeigte, versteh mich recht, jenen, der Mann ist, und als Mann handelt.

Hugo. Von dir dieser Vorwurf Freund? oder bist du dieß nicht?

Eichenr. (seine Hand ergreifend.) Ja ich bin es noch, du bist mein Hugo, (sieht ihn starr an, und schleudert seine Hand zurück) und dieser finstre Zug auf deiner Stirne vereitelt alle meine Hofnungen — eh möcht' ich glauben, daß dieses Metall in meiner Hand als Flamme me auflodre, eh ich deinen Starrsinn zu beugen vermag — Aber was soll auch meine Bemühung? sitze ruhig hier, laß herumtreiben deine tapfern Zeitgenossen in ihrem Kreise, sieh ihnen zu mit kalter Stirne, und wenn dir nun diese oder jene That vor die Ohren kömmt, so verzehre den Mund in kaltes Lächeln, und lifple: das hat der Mann gewagt? —

Hugo. Dein Spott erschüttert mein Innerstes. O Freund, sey die Ulme von der die Rebe sich los riß, und nun wieder hinaufkricht, reiche mir deinen Arm, und leite mich —

Eichenr. (schnell und freudig.) Und du wolltest? —

Hugo. Ja ich will; will meinen schlafen Arm mit meinem Schwerdte wieder bekannt machen, will sie wieder tummeln meine muthigen Rosse, und zu Lügen strafen das Gericht: Hugo habe zu kämpfen verlernt.

Eichenr. (drückt ihn mit Innbrunst an seine Brust.) O willkommen, willkommen Hugo, ich habe dich wieder gefunden, ich hab' einen Sieg errungen, der mir mehr gilt, als hätt' ich die weite Erde unter meinen Fuß gepreßt. Du bist mein, und ich will dich deinem Vaterlande wieder geben, die arme Matrone hatte lange genug getrauert, daß ihre liebsten Söhne in Todesschlaf dahinliegen, nun soll sie sich mit mir freuen — Komm Hugo, wir wollen zur Tafel, der Kaiser vermißt dich.

Hugo. Er kömmt.

Siebenter Auftritt.

Vorige, Heinrich, Laubenstain, Friz, Gefolge.

Heinrich. Nun Eichenrott, wo ist der Flüchtling? Ey Hugo, es ist hier Landes nicht Sitte, seine Gäste allein den Becher leeren zu lassen — ist euch nicht wohl?

Eichenr. Seine Schwermuth hat den letzten Kampf gekämpft, er hat sie abgeschüttelt die düstern Nebeln, schon grünt das Lorberreis, das Hugos Heldenstirne umlauben wird — Hugo hat sich seinem Vaterlande wieder gegeben.

Heinrich. Eure Hand darauf Ritter, ihr habt einen schweren Sieg errungen, und das Ungeheuer Melancholie mit euren Füßen getretten — Freue dich nun Heinrich, dir glänzt eine heitre Zukunft — wenn sich dir selbst Helden anbieten. Wie mir die Freude in allen Gliedern wirbelt, einen Becher will ich leeren auf Hugos Wiedergeburt, und jeder Edle soll einstimmen (er nimmt Eichenrotts Becher, und trinkt, alle rufen) Er lebe! (Trompeten und Pauken.)

Heinrich. Und so soll der Becher die ganze Versammlung durchgehn.

Laubenst. (für sich). Ha ein treflicher Gedanke, Teufel helft ihn mir ausführen und ich will einen ewigen Bund mit euch schliessen! (Heinrich gab Eichenrott den Becher, dieser weiter bis an Laubenstain der ihn ganz leert, Hugo stand neben ihm.)

Laubenst. Der Becher ist leer, ha ich selbst will ihn füllen, und noch einmal auf Hugos Wohlseyn zechen. (er eilt ab)

Heinrich. Brav Graf, brüderliche Eintracht ist das beste Mittel, das große Ruder des Staates leiten zu können. (Laubenstain bringt den Becher, Eichenrott ist unruhig, und naht sich Hugos Seite.)

Laubenst. Edler Ritter Hugo, seht wie des Weines Perlen im Golde glänzen, noch hat es euer Mund nicht berührt, ich war euer Schenk, und will künftig euer Freund seyn, trinkt, trinkt auf die Dauer unsrer Freundschaft!

Hugo. Das will ich Herr Graf, nur mit unsern Leben werde dieses Band entzwey gerissen. (Hugo setzt den Becher an, Eichenrott reißt ihn weg, daß er zur Erde fällt, Laubenstain fährt zusammen.)

Eichen-

Eichenr. Zurück mit den Becher, er ist das Behältniß des Todes. O weinet ihr Edeln, man will die Frucht in ihrer Blüthe ersticken.

Laubenst. Ritter, was soll dieß Betragen? wem sollen diese Reden?

Eichenr. O euch gewiß nicht, man tadelt ja den Goldschmied, wenn das Gold verfälscht war — Ihr staunt Kaiser Heinrich? O staunt, daß euch das Blut in den Adern zurücktritt — in dem Weine war Gift. (alle rufen verwirrt) Gift!

Heinr. Gift? Ritter sind eure Sinne benebelt?

Eichenr. O sie sind hell, und dringen tief. (er hebt Heinrichs Scharlachmantel in die Höhe) Seht, seht, wenn ihr nicht hören wollt, seht die Flecken am Mantel! (hält ihm selben vor) Kaiser ist das vom Weine?

Heinrich. (bebt erschrocken zurück) Ja bei dem allmächtigen Gott, das war Gift; und mir, mir drohte die Gefahr? bin ich nicht mehr unter Freunden sicher? wer ist mir nun Bürge, daß ich nicht selbst an mir zum Mörder werde?

Eichenr. O! das war euch nicht vermeint, man wollte nur — O Hugo, ihr seyd in übeln Händen!

Heinrich. Und wer? wer ist der Thäter?

Laubenst. Erlauchter Monarch, ich fand den Becher voll Weines stehen, und nahm ihn also statt den andern — ich bin unschuldig.

Heinrich.

Heinrich. Eichenrott, wir ziehn fort, Hugo besteigt euer Pferd, mich duldets hier nicht mehr, ich muß ins Freie — fort, fort! —

Eichenr. (hebt den Becher auf) Und du sollst mich stets erinnern, daß selbst der Freundschaftsbecher an uns zum Ver▒▒▒▒ wird. (sie entfernen sich.)

Friz (im Abgehen zu Laubenst.) Wenn ihr Plane schmieden wollt, so vergeßt euren Kopf nicht; kommt laßt uns den Kaiser besänftigen.

Laubenst. Ich möchte die Hölle in Aufruhr bringen. (Beyde ab.)

Achter Auftritt.

(Zimmer der Gräfin Elisabeth.)

Elisabeth, Bertha.

Bertha. Was werdet ihr endlich noch beginnen gnädige Gräfin? ihr eilet von einen Zimmer ins andre.

Elisab. Und finde keine Ruhe (stützt sich auf sie,) O Bertha, du weist wie es hier sich herum treibt? kennest meine Leidenschaft, und fühlest nichts? o! du hast nie geliebt.

Bertha. Und ist sie den hofnungslos diese Liebe? sehnet sich nicht Ritter Hugo eben so sehr nach euch?

Elisab.

Elisab. Hugo nach mir? o! Bertha wenn dieß kein Hirngespinst des schwärmenden Rudolf gewesen (freudig), wenn dieß so wäre, wenn er mich liebte? (mehr herabgestimmt) aber ließ ihn Hugo in die geheimsten Falten seines Herzens blicken, würde er Mondenlang auf seiner Burg wohnen können, ohne mich nur einmal zu besuchen? (traurig) wozu also diese Täuschung, die sich so schrecklich für mich endet? ach so schnell schwand die schöne Aussicht von meinen Augen, und zeigt mir finstre Nacht!

Bertha. (blickt zum Fenster hinaus.) Gnädige Frau, es sprengen zwei Ritter wie der Sturmwind schnell das Feld herüber eurer Burg zu — sie sind schon im Schloßhofe.

Elisab. O laß mich mit deinen Nachrichten, was kümmert mich dieß.

Bertha. Hört welches Getrapp, sie kommen zu uns her.

Neunter Auftritt.

Vorige, Eichenrott tritt rasch ein.

Eichenr. Gott grüße dich Schwester.

Elisab. Mein Bruder, du hier ohne den Kaiser? wie siehst du aus, so verstört und erhitzt? Gott was ist vorgefallen?

Eichenr. Ist nur vom schnellen Reiten, mein Roß floh durch das Feld wie der Bolz von der Armbrust.

Elisab. Rudolf du bist so verschlossen —

Eichenr. Mir wurd es so eng hier im Busen, ich muste Luft haben, muste mich vom Gefolge trennen, daß nicht die Galle mein Blut empöre — Bertha wird schon indes ein kleines Mahl bereiten, dir hab ich einen Gast mitgebracht, magst ihn bewillkommen.

(Mit Bertha ab.)

Zehnter Auftritt.

Elisabeth, Hugo.

(**Elisabeth** eilt zur Thüre, da **Hugo** schüchtern hereintritt, beyde staunen sich an, nun reicht sie ihm die Hand zum Kuß, und führt ihn herein.

Elisab. Trügen mich nicht meine Sinne? Ritter Hugo von Blankenau?

Hugo. So ist es Frau Gräfin, Hugo wagt es auch einmal euch in eurer Burg zu besuchen.

Elisab. Und soll mir sehr willkommen seyn. Ihr seyd ein seltner Gast, dessen man sich nicht oft freuen kann.

Hugo. (verlegen) Wer wird sich meiner Gegen=

genwart freuen? ein Ritter wie ich, der so
wenig den itzigen galanten Ton erkünsteln kann,
muß der nicht immer auf solche angenehme Ge-
sellschaft Verzicht thun.

Elisab. Mit Nichten Herr Ritter, wähnt ja
nicht, daß auch ich an den süßen lispelnden
Schmeicheleien Wohlgefallen finde, oder beur-
theilt ihr mich nach andern meines Geschlechtes,
deren Ohr schon so sehr verwöhnt, daß der schlichte
gerade Ton des Mannes ihnen zu rauh ist? da
urtheilt ihr wahrlich falsch, frey und aufrichtig
gesprochen ist mir immer am angenehmsten.

Hugo. (der immer heitrer und kühner wird)
Und aufrichtig will ich auch mit euch sprechen
beste Gräfin; gewiß, ein Aufenthalt in eurem
Schloße könnte mir diese Welt zum Paradiese
schaffen. Oft wenn der Mond die Zinnen meiner Burg bescheint, da irr' ich mit meinen Berthold herum, und denke hieher, und wenn die
Morgensonne die Spitzen eures Schloßes ver-
güldet, o Gräfin! ein herrlicher Anblick, da
fleucht meine Seele mit meinen Blicken zu euch
herüber, und in meiner Brust steigt der Gedanke
auf, glücklich der, der dort wohnen kann, wo
die schöne Elisabeth wohnt — Ehmals Gräfin,
ehmals war mein Wahlspruch: Ruhm und Ta-

pferkeit, und itzt — (hält plötzlich inne, als bereu' er, was er gesprochen.)

Elisabeth. (nach einer Pause) Und itzt euer Wahlspruch?

Hugo. (zärtlich, aber schnell) Liebe!

Elisab. Liebe? O! das ist eine gefährliche Leiterin auf unsern Lebenspfade.

Hugo. (nun alles wagend mit rührendem Tone) Ja wohl ist sie's den, der hofnungslos liebt. O Elisabeth dem wird sie zur Hölle, sie verzehrt das Mark seiner Gebeine mit schleichendem seelennagenden Feuer, sie wird zur Mörderin aller seiner Gefühle, er ist Mensch ohne es zu fühlen, daß er es sey, er lebt, ohne es zu wissen, nur ein Gegenstand schwebt ihm vor Augen, und entflieht, wenn er darnach haschen will, ihm lacht keine Freude, ihm gilt Freundschaft nichts, und von Schwermuth umklammert, endet er sein Leben in Verzweiflung.

Elisab. O Ritter, welche Szenen mahlt ihr? ist dieß das Bild der so sehr gepriesnen Liebe?

Hugo. Doch ihren Günstlingen schaft sie die Welt zum Himmel, alles lacht ihm entgegen, im heulenden Sturm, im Getümel der Schlacht hört er die süsse Stimme der Liebe, und fühlt neue Kräfte, und wenn er nun heimkehrt aus 'm Felde, Staub und Blut die Rüstung deckt,

und

und ihm dann die holde Dirne den Schweiß von der Wange küßt — O! das ist eine Szene! —

Elisab. (sucht den Liebenden halbwegs entgegen zu kommen) Ihr sprecht voll feuriger Empfindung, wohl dem Mädchen dem ein so gefühlvolles, so biedres Herz zu Theil wird — Ritter! ihr könntet mir wohl eine Bitte gewähren, wollt ihr?

Hugo. Eine Bitte? von euch? O sagt, sagt, und soll ich wie ein Herkules die Thore des Ortus erbrechen, bei meiner Ritterehre sey es geschworen, ich will es wagen.

Elisab. So viel fodre ich nicht von euch guter Hugo, eure Schilderung von Liebe läßt mich in eurer Seele lesen, sie sey euch hinlänglich aus Erfahrung bekannt, und seht, ich bin so wißbegierig, möchte gerne ganz euch kennen lernen, wollt ihr eure Freundin nicht eures Vertrauens würdigen?

Hugo. Welche Herablassung? ja, ja ich will mich euch ganz entdecken, will nun in diesem entscheidenden Punkte mich ganz eurer Freundschaft bedienen — O daß ich es euch sagen könnte, was mir auf der Lippe schwebt, daß ich es euch nennen könnte dieses bange Beben meiner Nerven, diese schaurige Wollust, wenn ich mit euch spreche (zu ihren Füßen) O! Elisabeth eure

Herablassung machte mich kühn, und ich will alle meine Gefühle in ein Wort faßen: Ich liebe euch. (Eine Pause, in der sich die weibliche Schüchternheit, und Liebe auf Elisabeths, und banges Erwarten auf Hugos Antliz abdrückt.)

Hugo. Ihr würdigt den Kühnen keiner Antwort? — und also das Bild jener schrecklichen hofnungslosen Liebe soll mein Bild seyn?

Elisab. (vermag nicht mehr an sich zu halten) Nein das soll es nicht, möchte sie euch mit ihrer ganzen Fülle von Seeligkeit überschütten, möchte euch das Geständniß meiner Gegenliebe glücklich machen.

Hugo. (freudig) Er ist vorbei der entscheidende Punkt, der mich zu einen Gott schaffen, oder in mein Nichts zurückschleudern sollte. Elisabeth, schönste beste Elisabeth, ihr liebt mich? O! so sey dieser Kuß Zeuge unsers Bündnißes, dieser Augenblick, der unsre Herzen vereint, und der heiligste, der uns je in der weiten Schöpfung lachen wird. Trost und Ruhe will ich aus euren Blicken saugen, und seh ich einen Mann, der mit trüber Stirne umherschleucht, dem will ich laut entgegen rufen: Suche dir ein Weib, und werde glücklich, wie ich in den Armen meiner Elisabeth. (Sie umarmen sich, die Kortine fällt.)

de des zweyten Aufzugs.

Dritter Aufzug.

(Saal auf Elisabeths Burg.)

Erster Auftritt.

Heinrich, Laubenstain, Friz im Hintergrunde auf und abgehend, und den Gespräch horchend.

Heinrich. (gedankenvoll und unruhig auf und abgehend) Was werd ich nun beginnen? wo erlang ich Licht in dieser grausen Dunkelheit? ein Mörder? Hugo Gustavs Mörder? — Das ist ein Gedanke, der mit Riesenkraft mich Zweifelnden anfaßt — Laubenstain, ihr seyd noch der Einzige, der mir rathen kann, o! sagt wie soll ich ihn aufheben den Schleier der verborgnen vollendeten Thaten? wie kann ich der Gewißheit nachspühren, da sich mir nicht einmal falbe Dämmerung zeigt? Wie? ihr schweigt? Falten entstellen eure Stirne? Graf ihr sucht eine Thräne zu verbergen? sagt, sagt wenn soll diese Thräne?

Laubenst. (weich) Dem gefallnen Hugo.

Hein=

Heinrich. Dem gefallnen? und also ist es Wahrheit, was der unbekannte Mann aus der Hölle gesandt mir auf dem Weg hieher enthüllte? also Wahrheit?

Laubenst. Nein, bei Gott nein, es ist eine schändliche Lüge, glaubt nicht den feilen Betrüger, der dem edeln Hugo diese Schandthat aufbürdete. Er, der große Mann, dessen Biedersinn und Tapferkeit weit umher kund ist, der sollte — o nein, nein, es ist eine schändliche Verläumdung.

Heinrich. Auch mein innres Gefühl spricht so, und ich will dessen Urtheile folgen.

Laubenst. Das ist billig, gnädigster Herr, wir wollen die geifernde Verläumdung weit von uns verbannen, und uns den neuen Helden Hugo herzlich freuen, was kümmert es den ermordeten Gustav, ob sein Mörder in Elisabeths Armen oder — (hält plötzlich inne)

Heinrich. Was entfuhr eurem Munde? Laubenstain, was wolltet ihr sagen?

Laubenst. (in anscheinender Verwirrung.) Nichts gnädigster Monarch — nichts, weniger als nichts, — nur meint' ich —

Heinrich. In euer Brust arbeitet ein schreckliches Geheimniß, und wann war wohl jemal mein Ohr euren Geheimnißen verschlossen? was hindert euch mir eure Gesinnungen zu enthüllen?

Laubenst. Was soll ich euch sagen mein Gebieter? ich weiß nichts —

Heinrich. Nichts? und ich sag euch, ihr habt ein Geheimniß in eurer Brust verschlossen, ich sehs, wie es auf eurer Stirne arbeitet, und ihr wollt es zurückstossen — aber das sollt ihr nicht Graf, ich will, ich muß es hören und sey es des schrecklichsten Inhalts. Ich befehl euch zu reden.

Laubenst. (zu seinen Füßen) Verzeihung erlauchter Monarch, wenn ich so lange schwieg; aber Hugos erster Anblick riß mich für ihn hin, und fest schlang die Freundschaft ein Band um unsere Seelen, und ich soll nun an ihm zum Verräther werden? — doch besser an ihm, als an euch; aber, darf ich es vorher noch wagen, euch um Gewährung einer Bitte zu flehen?

Heinrich. Sagt, mein Wort darauf, wenn die Erfüllung möglich.

Laubenst. Nun so weiche hinweg Verschwiegenheit, Siegel der Freundschaft, meines Herrn Befehl, und Versprechen hat es gebrochen — O! mir dämmert ein schreckliches Licht durch den Nebel des Verborgenen, und macht meine Seele zurückschaudern — sie ahndet Gewißheit und zittert vor Hugos schwarzen Schicksale.

Heinrich. O redet weiter, und erstickt eure Muthmassungen nicht in ihrer Geburt, redet,

jede

jede meiner Fibern ist gespannt in banger Erwartung.

Laubenst. Nun denn, so will ich mich kurz fassen: Ich fand Gewißheit, Hugo ist — Gustavs Mörder — O schaudert zurück, und klagt, daß der Mann von seiner Größe sank, durch zu heftige Leidenschaft geblendet.

Heinrich. Leidenschaft! sollte Durst nach Gustavs Schätzen —

Laubenst. So niedrig denkt er nicht, eine schreckliche Furie wühlte sich in sein Inneres, und hieß ihn zu handeln, und diese Furie ist — Liebe zur Gräfin Elisabeth.

Heinrich. Graf, das Licht euer Muthmaßungen verbreitet hell lobernde Flammen in mir — aber weiter, weiter.

Laubenst. Diese Liebe hieß ihn den Mord begehn, woher sonst die seelennagende Melancholie, die ihn umgiebt? vermag wohl je Freude in ihn zubringen? tief ist er stets in Nachdenken versenkt, und schleichender Gram verzehrt seine Mienen.

Heinrich. Ja so hab' ich es gefunden.

Laubenst. Und alles dieß würd' ich seinem Naturelle zuschreiben, wär' ich nicht selbst Zeuge einer schrecklichen Szene gewesen — Ihr wißt, daß kurz nach Hugos Ankunft Gustavs Tod weit herum

herum in unserm Feldlager erscholl? und seit ich ihn dort sah, deckte ihn stets die Schwermuth mit ihrem Rabengefieder, dieß störische Betragen machte mich aufmerksam, und seine grämliche Miene fesselte mich dort schon fester an ihn. Einst an einem heitern Abend schlich ich ihm nach, er eilte einem Orte zu, entlegen und einsam. Da stand er nun, sprachlos, mit beyden Händen die Stirne bedeckt, nun schlug er die Arme in einander, zitterte an allen Gliedern, und sein starrer Blick war fürchterlich auf den Boden geheftet; Gustav, rief er im Tone der Verzweiflung, und sank jammernd zu Boden.

Heinrich. Weh über ihn, er hat ihn gemordet. (er wirft sich in einen Stuhl.)

Laubenst. Und nun solltet ihr gesehen haben die Blicke, die er der Gräfin zuwarf beim gestrigen Mahle, wie er begterig den Becher anfaßte, den ihre Lippe berührt, wie er getändelt mit ihr, und sie geköst, er, an dessen Hand Gustavs Blut klebte.

Heinrich. Arme, arme Elisabeth, weh dir, wenn das Gift seiner Liebe dein Herz schon erschlichen.

Laubenst. Was er zu vollbringen nicht säumen wird — O! Gift ist eine treffliche Hilfe solcher Männer, er, dem es nicht schauderte, den

edeln

edeln Gustav in dem schönen Laufe seiner grossen Thaten zu hemmen, ihm konnte wohl auch Gift willkommen seyn, um in den Freundschafts=becher — Doch nein, schon sprach ich zu viel, armer, armer Hugo, dein Freund ist nun an dir zum Verräther geworden, und hat wieder Willen an deinem Untergange gearbeitet — O gnädigster Heinrich, gewährt mir nun meine Bitte, laßt nicht meine geschwäzige Zunge Schuld seyn an seinem Sturze, überlaßt ihn der Folter seines eignen Gewissen, daß nicht sein Blut Rache schrie über mich, und mich selbst der nagenden Reue preiße gebe.

Heinrich. Edler Laubenstain, ihr fordert eine Unmöglichkeit. Was würde Mutter Deutschland sagen, wenn ich frey einen Mann wandeln ließ, der den liebsten ihrer Söhne erschlagen.

Laubenst. Und Hugo muß sterben? O so will ich weinen und klagen, bis der Gram, nicht der Schnee des Alters meine Haare bereift, daß meine Zunge ihn tödten half.

Heinrich. Armer Graf, ich sollt' euch beruhigen, thut das lieber an mir, und ihr werdet wohl daran thun.

Laubenst. So gewährt mir doch wenigstens meine zweyte Bitte, ihre Erfüllung ist euch nicht unmöglich, und würde vieles zu meiner Ruhe

bey=

beytragen. Hugo ist weit umher bekannt als
ein Mann von edler Seele, laßt sie nicht schwin=
den diese Täuschung vor den Augen des Volkes,
er mag sich verlieren aus dem Kreise der han=
delnden Personen, ohne eine Spur seines Ver=
schwindens zurück zu lassen.

Heinrich. Und wie kann ich das?

Laubenst. Durch öffentliches Gericht wäre Hu=
gos Name mit ewiger Schande gebrandmarkt.
Versammelt eine kleine Anzahl Ritter, und un=
tersuchet in geheim, ach! und wird er schuldig
befunden, ist er zum Tode reif, nun so fiel er
doch unenthüllt vor den Augen der Welt.

Heinrich. Ja das will ich braver Graf, um
euren Willen will ich es, und nun seyd ruhig,
und wünscht mir, daß auch ich es werden möge.
(er entfernt sich.)

Zweyter Auftritt.

Laubenstain, Friz.

Laubenst. Wirst doch immer nach unserm
Wunsche handeln guter Heinrich.

Friz. (hervortrettend) Nun Herr Graf, wie
gefällt euch die Posse?

Laubenst. O vortreflich, ihr habt eine Arbeit
begonnen, die in den Tempel der Verläumdung
herrlich prangen wird.

Friz. Ha! Friz unternimmt nicht leicht etwas, dem er sich nicht gewachsen sieht, ich muß in der fernen Zukunft Spuren des guten Erfolgs sehen, eh ich zur Arbeit schreite.

Laubenst. Wenn sie schon da wäre die ferne Zukunft, wenn ich schon itzt triumphirend sagen könnte: meine Feinde sind gestürzt, und die köstliche Beute glücklich errungen.

Friz. Diese Luftgespinste will ich bald in wirkliches Wesen umformen, aber ihr Graf gleicht wohl einem Kinde, das von goldnen Puppen hört, und nun schon sehnlich darnach verlangt, und des Zögerens weint.

Laubenst. Ja, die goldne Gewißheit —

Friz. Spaltet mir doch die Eiche mit einem Säbelhiebe, aber euer ungestüme Tollkopf reizt meine Galle, und macht mich beynahe meiner Mühe gereuen, habe ohnedieß nun die Rebe gepflanzt, und ihr seyd die Raupe, die sie genießen wird.

Laubenst. Was soll das? warum pocht ihr so auf gegen mich?

Friz. Weil ich der Stifter eures Glückes bin, weil ihr nun von mir abhängt.

Laubenst. So also seyd ihr gesinnt? erst kriechend wie eine Schlange, und nun, da eure ░░░ke mich an euch gekettet, nun seyd ihr auf=
ge=

geblasen und trotzt mir? — Aber hütet euch, ich will euren Hochmuth zähmen, daß er sich noch im Staube zu meinen Füßen krümmen soll.

Friz. Da habt ihr falsch gerechnet — Graf, macht mich nicht zu eurem Feinde, ihr kennt mich noch nicht so genau.

Laubenst. (für sich) Nur nur zu gut. (laut) Laßt uns Freunde bleiben, Friz, was sollen die Wolken des Unmuths auf unsrer Stirne? dieser Handschlag knüpfe wieder die zerrissene Kette unsrer Freundschaft.

Friz. Aber künftig hüttet euch, könnte einem von uns schädlig werden.

Laubenst. (für sich) Davor werd ich Sorge tragen.

Friz. Doch hört, man könnt uns hier beysammen treffen, und Muthmassungen hegen, ich will indeß auf eurem Zimmer euer warten. (ab)

Laubenst. So also bist du gesinnt Glaßünger? gut, daß du dich itzt entlarvt. Soll ich etwa dulden, daß er mir kühn unter die Augen trette, und rufe: durch mich erreichest du dein Ziel — Ha ich will dir vorbeugen du Trotziger, nichts will ich um mich dulden, das mir nur im geringsten schaden kann — ha! Elisabeth! —

Drit-

Dritter Auftritt.

Laubenstain, Elisabeth.

(Elisabeth tritt ein, sie bemerkt den Grafen, und will zurückkehren.)

Laubenst. Immer herein, schöne Gräfin, warum flieht ihr zurück vor mir, wie vor einem Nachtgespenste, das die Hallen durchwimmert. Ist mein Unblick euch so sehr verhaßt, daß ihr weit von mir fliehen wollt?

Elisab. Ich suchte den Kaiser hier, da ich aber sehe, daß auch ihr seiner wartet, so könnte er ungehalten werden, wenn er sich so sehr belästigt sieht —

Laubenst. Laßt sie immer hinweg, diese Schminke, sie kleidet euch nicht gut, wähnt ihr etwa, daß ich durch den Schleier, den ihr um eure Gesinnungen gewebt nicht durchdringe? O! ich sehe nur zu deutlich euern Haß gegen mich.

Elisab. Haß gegen euch Herr Graf? da trügt euch doch euer scharfes Gesicht, warum soll ich euch haßen, da ihr mich nie beleidigt?

Laubenst. Und doch ist es so, beste Gräfin, doch flieht ihr mich, wie und wann ihr könnt. O! daß diese eure Abneigung nur ein Bild meiner Fantasie wäre, daß ich mich geirrt in dem

Wah=

Wahne, Elisabeth, die schöne Elisabeth haßt mich — Gräfin, wenn ich traurig und einsam in den schattigten Gängen eures Schloßgartens herumirre, da schwebt mir immer euer Bild vor Augen, und wenn ich mich an die Stelle schleiche, wo eure Fenster herabgehen, und da etwas sich regen sehe — wie mir da ist, o Gräfin! ich kann nicht mehr von der Stelle.

Elisab. Verzeiht mir Herr Graf, aber eure Reden lassen mich bedauren, daß ihr kein Dichter geworden; ihr könnt sehr mahlerisch schildern.

Laubenst. Ja wohl Schade; könnt' ich mich doch laben an dem wonnigen Gedanken: Elisabeth singt vielleicht zur Harfe eines deiner Lieder.

Elisab. Könnt ihr mir mit nichts bessern die Stunden kürzen?

Laubenst. Von was sollt' ich sprechen, als von dem, was mir immer auf der Lippe schwebt, als euch die Gedanken mittheilen, die Tag und Nacht meine Seele ängstigen? Zürnt nur nicht meine Theure, gewährt mir nur einen Blick eures schönen Auges, und wie ein Strahl ätherischen Feuers soll er mich neu beleben — O hört was ich nicht mehr an mich halten kann — Laubenstain liebt euch, und fleht um eure Gegenliebe.

Elisab. Ich bin heute nicht wohl gestimmt den Klageton eines Liebenden zu hören.

Laubenst. Warum gab mir der, der mich schuf Sinne die fühlbar sind für Schönheit, warum verschwendete die Natur alle ihre Kunst, ein Meisterstück an euch zu formen, wenn nie Gefühle des Mitleids in eurem Herz aufkeimen sollen? — Darf ich also hofen?

Elisab. Erst, da ich euch sagte, daß ich euch nicht haße, da quält ihr mich nun mit den Geständniß eurer Liebe? und fodert dreust von mir Gegenliebe.

Laubenst. (auffahrend) Elisabeth! wie soll ich dieß deuten?

Elisab. (beleidigt) Und wie soll ich euren itzigen Ton nennen?

Laubenst. (geschmeidiger) Laßt euch nicht so lange bitten, wollt ihr denn immer eure Gefühle verhehlen und eure Gesinnungen in den Mantel der Verstellung hüllen? (schmeichelnd) Warum scheint euer holdes Antlitz mir zu zörnen, da euch doch euer Herz Lügen straft, und laut für mich spricht?

Elisab. Nein, das ist unerträglich, ihr treibt eure Kühnheit zu weit — Gegen euch verhehl' ich nie meine Gedanken, ich kann und werd' euch nie lieben.

Laubenst. (sie wild bei der Hand anfaßend) Nie lieben? daß ich nicht schmeicheln und kriechen

chen kann, wie ein niedriger Wurm, daß ich nicht winseln kann zu euren Füßen, und im Staube gebückt nach euren Blicken lechze? Darum soll ich nie eure Gegenliebe hofen, weil ein andrer schon euer Herz durch Ränke sich erschlichen, weil —

Elisab. Laßt mich, nun zum letztenmal, ihr seyd unerträglich.

Laubenst. Ich euch laßen? was hat der zu fürchten durch deßen Adern Feuer der verschmähten Liebe rollt? Nein Gräfin ihr müßt mein seyn, und alles, alles was mir im Wege steht, will ich vertilgen, und mich eures Besitzes freuen. (er faßt sie ungestümm um die Mitte.) Ihr müßt mein seyn, und wenn alles sich entgegen setzte.

Elisab. Gott, zu Hilfe, zu Hilfe!

Vierter Auftritt.

Vorige, Hugo, dann Berthold.

Hugo. Wer ruft hier? — ha was soll das!

Laubenst. (zur Gräfin) Zittert vor meiner Rache, zittert. (schnell ab.)

Hugo. Wag es nur noch einmal, du luftiger Geselle, laß dich nun noch einmal hier blicken, und ich will dich zeichnen, daß man mit Fingern nach dir weisen soll — Was wollte der treflicher Mundschenk mit euch?

Elisab. (weinend) Welch ein fürchterlicher Mann, daß ich die Erklärung seiner Liebe mit Verachtung lohnte, da schwur er, ich müsse trotz allen Hindernißen seyn werden, und drohte mir nun mit schrecklicher Rache.

Hugo. Mit Rache? drohte euch mit Rache? ha und was hielt mich zurück, daß ich nicht mein Schwert aus der Scheide riß, und seine spitzige Zunge stumpfte? aber nur noch einmal laß dir nach Elisabeths Liebe gelüsten, nur noch einmal, und du sollst mich näher kennen lernen — Seyd ruhig meine Liebe, so lange dieser Arm, und dieses Schwert sich getreu bleiben, soll er euch kein Haar auf euern Scheitel krümen.

Elisab. Meine Brust fühlen bange Ahndungen, Tapferkeit ist nicht immer der schleichenden List gewachsen.

Hugo. Laßt euch nicht von so traurigen Bildern dahin reißen, die Tage des Traurens werden ja noch früh genug einherschleichen, jedes Wesen in der weiten Schöpfung freut sich doch durch einige Augenblicke seines Daseyns, nun so will auch ich mich freuen, und all die himmlischen Entzückungen der Liebe von euren Blicken einsaugen. (Sie umarmen sich, Berthold tritt rasch ein.)

Berthold. Herr Ritter! (er hält bey dieſer Szene plötzlich inne.)

Hugo. Wem ſuchſt du Berthold, ich ließ dich auf meiner Burg.

Berthold. Euch ſuch' ich Herr Ritter, ihr müßt eilen, wenn ihr die Burg noch euer nennen wollt — Kennt ihr Grafen Herrmann von Schraambach?

Hugo. Wohl kenn' ich ihn.

Berthold. Der euch ſelbſt ſeine Tochter antrug, ihr aber ſchlugt die Verbindung aus, weil Ihr lieber nach dem Stern — als nach dem Schnuppen haſchen wolltet, und nun rüßtet er ſich, dieſe Beſchimpfung zu rächen. Als ich dieſe Kunde vernahm, da ließ ich die Reiſigen verſammeln, und wollte ſie anführen, unſer Herr Ritter dacht ich mir, wird hier genug zu kämpfen haben, aber ſie wollten nicht gehorchen, unter eurer Anführung — ja da wollen ſie wie Schloßenwetter unter die Feinde ſtürmen — aber mit den alten Graukopf —

Hugo. Ha die Feigen —

Berthold. (leiſe) Mich freut es aber, müßt doch nun das Spiel der Minne mit den Waffen vertauſchen, und ich kann mich wieder einmal freuen an euer Seite zu kämpfen — ihr verſteht mich doch?

Hugo. Ja ich verstehe dich, aber ich will ihn zähmen den stolzen Grafen, will ihn zurück scheuchen in seine Burg, daß er sich lange nicht herauswagen soll — Beste theuerste Elisabeth, wir müssen uns trennen, zwar nur auf einige Tage, aber doch für mich — lange — sehr lange.

Elisab. Hugo, werdet ihr bald wiederkehren?

Hugo. Wie der Sturmwind will ich von dannen eilen, und meine Feinde zurückscheuchen, und dann schneller noch, als das Reh dem Jäger entflieht, wieder in eure Arme zurück eilen.

Elisab. Schon so schnell die erste traurige Trennung; aber ich will euch nicht hemmen in euren Thaten. Lebt wohl mein Hugo; denkt an eure Elisabeth, wenn ihr euch unter die Feinde stürzt, und schont euer, und gebt euch nicht muthwillig der Gefahr preiß — denkt, daß mit euch auch meine künftige Ruhe dahin schwinde.

Hugo. Und Thränen rollen eure Wange herab?

Elisab. Bange Ahndungen erpressen sie mir — Hugo, wenn wir uns so nicht mehr sehen?

Hugo. Sind das Zweifel meiner Treue? ha die ist unerschütterlich, eure Worte, euer ganzes liebvolles Wesen ist mit Flammenschrift in mein Innres gegraben; mit jedem Augenblick will ich mir zurufen: auf Läßiger, vollende den Sieg, die schöne Elisabeth wartet deiner — und nun

lebt

lebt wohl — lebt wohl. (er umarmt sie, kehrt zurück, und sinkt wieder in ihre Arme) bald sehen wir uns wieder (er reißt sich mit Gewalt los, und stürzt ab.)

Berthold. Gehabt euch wohl Frau Gräfin, werden bald wieder hier seyn.

Fünfter Auftritt.
Elisabeth.

Nun eilt er hin, wo ein hundertfältiger Tod seiner wartet — wenn er nicht mehr heimkehrte? wenn er zerfleischt, von Roßen zerstampft sein Leben verhauchte, und dann mit dem Stammeln meines Namens seine Liebe besiegelt — O Hugo, Hugo! werd' ich dich nie wieder sehen?

Sechster Auftritt.
Elisabeth, Heinrich.

Heinrich. (geht in sich gekehrt langsam einher) Und also doch ein Mörder, beynahe unglaublich, wie der Gedanke mich anfaßt. O Menschheit! wie tief kannst du sinken, wenn Leidenschaft dich am Gängelbande leiten.

Elisab. Wie Gedanken sich in des Kaisers Gehirne durchkreuzen — Eure Majestät!

Hein=

Heinrich. (ohne sie zu hören) Und war ich auch so gewiß der verborgnen That? das nagende Feuer der Ungewißheit zehrte an meinen Adern, o Laubenstain du hast es schrecklich gedämpft, du hast die Hülle von meinen Augen gerißen, daß ich zurückschaudre ob der gräßlichen Gewißheit —

Elisab. Gnädigster Herr —

Heinrich. (aufgeschreckt aus seinen Taumel) Noch ein Zeuge wider ihn? — ihr seyd es Gräfin? auch ihr seht verstörrt aus (nimmt sie vertraulich und theilnehmend bei der Hand) Treibt sie auch euch unstett herum diese Entdeckung?

Elisab. Welche Entdeckung?

Heinrich. Welche? ihr fragt mich noch? Sollen noch einmal diese Schreckenworte meinen Mund entfahren? — O geht Gräfin, eilt hin, ich bitt' euch darum!

Elisab. Wohin soll ich eilen?

Heinrich. Wo die Menschheit ihre Hülle abwirft, und wieder mit der Natur vereinigt zum Urstof andrer Geschöpfe wird — dort lauert nicht der Bruder, um mit hinterlaßenen Dolch zu morden.

Elisab. Ihr sprecht in Räthseln, die ich nicht aufzulösen vermag.

Heinrich. Daß auch ich sie nicht läsen dürf-

ge — — es war doch ein edler Mann, der verblichene Gustav, fest war sein Mannsinn, unerschütterlich wie eine Eiche, bis ein schnaubender Eber seinen Stamm durchnagte — O! seht noch glänzt eine Thräne in meinen Wimpern.

Elisab. Wie oft hab' ich schon Thränen seiner Asche gezollt, und sein Grabmahl mit Rosen geschmückt.

Heinrich. (schnell) Thut das ja nicht mehr, der Arme haschte nach einer Rose, aber eine Schlange lag unter ihrem Blatte, und stach ihn zu Tode. Daß ich sie hier hätte diese Schlange, wie wollt' ich sie mit eigenen Händen zerdrükken — — Und ihr kennt ihn also nicht den Mörder? o so bittet daß euch nie der Schuppen vom Auge fallen möge, ihr seyd in einer glücklichen Lage — — Gräfin, wo ist wohl itzt Hugo?

Elisab. Eben kam sein Knappe Berthold, und eilig ritten sie von dannen, weil Feinde seine Burg zu überfallen drohen.

Heinrich. (halb für sich.) Feinde? sollte sich schon nahen das Strafgericht Gottes? sollt ich enthoben seyn ihn zu richten? — daß er dahinfiele im Schlachtgetümmel, daß nur ich meine Hände mit seinem Blute nicht beflecken darf.

Elisab. Ihr seyd in euch verschloßen, und

Gram

Gram runzelt eure Stirne, darf Elisabeth wagen, um Mittheilung eures Geheimnißes zu bitten.

Heinrich. Das ist nicht für euch meine Liebe, es würde euch mit Riesenkraft anfassen, und eure Seele zermalmen. Nehmt meinen Rath: bethet zu Gott, daß Hugo fallen möge vom Schwerdt seiner Feinde, daß noch Reue seiner That ihn im letzten Augenblick ereile, und mit dem Schöpfer aussöhne — und wenn ihr dann hört, er sey nicht mehr, dann Elisabeth, dann geht in ein Kloster, und bethet für seine arme Seele.

Elisab. (sinkt zu seinen Füßen.) Um Gottes willen was ist dieß, was bedeuten eure Worte? Kaiser — Heinrich, hört die Stimme eines unglücklichen Weibes, das von euch Enthüllung eines Geheimnißes fodert, seyd nicht grausam mit mir, überlaßt mich nicht der tödtenden Ungewißheit — O! ich bitt' euch bey allem was heilig ist, entreißt mich diesem Zustande.

(Pause: Heinrich kämpft schwer mit sich
selbst, und seine Sprache verstummt —)

Elisab. Ihr gönnt mir keinen Blick? wendet euer Antlitz von mir? Nein, ich laß' euch nicht von der Stelle, bis ihr meine Bitte gewährt, können euch meine Thränen nicht rühren?

Heinrich (hebt sie auf, mit wehmüthigen
Blick)

Blick.) Unglückliche Elisabeth, jede eurer Thränen dringt wie glühendes Metall auf mein Herz — ihr, ihr allein dauert mich, aber ihr müßt es nun einmal erfahren — Gräfin waffnet euch mit Standhaftigkeit, ihr bedarft ihrer, es wird euch das Blut in den Adern zurücktreiben, hört mich, und wo möglich so faßt euch — Hugo ist Gustavs Mörder, und Liebe zu euch hat ihn geleitet.

Elisab. (wie von Donner gerührt.) Gott im Himmel! (sie sinkt sinnlos in seine Arme.)

Heinrich. So mußte es kommen, armer Heinrich, arme Elisabeth, wie sie dahinliegt die Blume des Frühlings verwelkt — Gott wie blaß, sie stirbt unter meinen Händen — ist den niemand hier? he Bertha, zu Hilfe!

Siebenter Auftritt.

Vorige, Bertha, dann Eichenrott.

(Bertha eilt schnell herzu.)

Heinrich. Hieher eure Augen, schaft Hilfe, und hemmt ihren entfliehenden Geist, ihr Todt haftet auf eurer Seele, wenn ihr sie verwahrloßt — — Ich habe sie nicht gemordet. (Ab.)

Bertha. (ist bemüht sie auf einen Stuhl und zu sich zu bringen.) Gott was muß hier vorgegangen seyn.

(Eichenrott tritt ein, und bebt bei dieser Szene zurück.)

Eichenr. Ha was ist dieß? meine Schwester ohne Bewußtseyn? kalt und starr ihre Hand? Bertha was hast du mit ihr gemacht?

Bertha. Der Kaiser rufte mich, und so fand ich sie in seinem Arm.

Eichenr. Ist denn keine Rettung mehr?

Bertha. Sie liegt in tiefer Ohnmacht — wenn ich nur etwas wüßte — Gräfin ermahnt euch, Ritter Hugo ist hier.

Eichenr. Braves Mädchen, deine Arznei hat gewirkt. (Elisabeth ermuntert sich, Eichenrott bleibt im Hintergrunde, ohne von ihr bemerkt zu werden.)

Elisab. Hugo? Bertha wo ist er? — war dieß ein Traum? — nein es ist Wirklichkeit — dießmal hab' ich nicht geträumt — O! warum weichest du nicht von mir schrecklicher Gedanke? — Ha — wo ist der Kaiser, ich muß — ich muß ihn sprechen (sie will fort, sinkt aber kraftlos zurück) Ach ich bin so matt, es ist aber auch so schaurige kühle Luft hier, wie die eines Grabes — Bertha ich fühle Leichenduft, komm, komm, der Engel des Todes zoh vorüber, hörtest du sein Rauschen? — komm, wir wollen beten, daß er falle vom Schwert seiner Feinde —

daß

daß er bald und ruhig sterbe. (sie verfällt in tiefes Nachdenken.)

Bertha. Arme Gräfin!

Elisab. Höre Bertha, was sagst du zu dem Gerichte, das man sich in die Ohren flistert? aber es ist nur ein Gericht: man sagt, Hugo sey Gustavs Mörder, und Liebe zu mir hab' ihn geleitet.

Bertha. O Gott schütze sie vor Wahnsinn — kommt auf euer Zimmer, daß ihr etwas aus= ruhen könnt.

Elisab. Du hast recht Bertha, ich will aus= ruhen, wie angenehm es seyn wird, wie kühl auf die heiße Sommerhitze, die mich itzt dar= niederdrückt — laß mich auf dich lehnen, meine Glieder sind zu schwach.

Bertha. O Gott schicke Hilfe herab, und rette sie.

Elisab. (hat sich auf ihre Schultern gelehnt) Komm Bertha auf mein Zimmer, da wollen wir bitten, daß er falle vom Schwert seiner Feinde (vertraulich) und wenn wir dann hören, er ist nicht mehr, dann gehn wir in ein Klo= ster, und beten für seine arme Seele. (beide langsam ab.)

Eichenr. Dieser Anblick, ob der nicht dem verhärtesten Bösewicht Thränen ins Aug locken

Wun=

könnte! jedes ihrer Worte traf mich wie ein Dolch — aber ich bringe hinein in den feingewebte Schurkenplan, bei diesem meinem Schwerte sey es geschworen, ich will den Knoten lösen, will mir immer diese itzige Szene vor Augen mahlen, und laut rufen: Rache, Rache!

(schnell ab.)

Achter Auftritt.

(Entlegenes Zimmer in Elisabeths Schloße.)

Friz, dann Laubenstain.

Friz. Laubenstain noch nicht hier? sollte er meine Falle wittern? — das kann er nicht — hieher gelockt hab ich ihn, und er wird auch kommen, wie er aber weg kommt, da mag er zusehen (zieht eine Viole Gift hervor) Komm treuer Gefährte, laß dich küßen, Hugo kann sich nun nicht mehr halten, und sinkt schwindelnd in den Abgrund, und du sollst mich nun auch von dem Grafen retten, du sollst der Kuppler seyn, der mich zur schönen Elisabeth leitet.

Laubenst. (bringt eine Taze mit einer Kanne und zween Becher, für sich) Ha schon hier der Schlaukopf, nun laß sehen, wer von uns beyden des andern Meister wird (laut) Ritter

ein Schauspiel.

ter Friz ihr habt mich ja hieher beschieden, aber warum in dieses entlegene Zimmer?

Friz. Weil es hier das bequemste für uns ist, es ist das verborgenste im Schloße.

Laubenst. Das spührt' ich, denn ich mußte Treppe auf, Treppe ab steigen, bis ich hieher kam.

Friz. Bey unsern itzigen Vorhaben muß uns nichts zuviel seyn, denkt, daß es noch gut ist, wenn uns Belohnung für die Mühe grünt, aber mancher fand da, wo er Gewinn suchte, seinen Tod.

Laubenst. Wohl wahr, und auch mancher, Herr Ritter, der den andern stürzen wollte, stieß sich sein eignes Schwert in den Busen — man hat ja schon Beispiele.

Friz. Aber hört Herr Graf, wenn ich aufrichtig mit euch sprechen soll: ihr seyd ein wahrer Schafkopf, läßt er sich da aus Elisabeths Armen zurückscheuchen — Ihr verdient diese schöne Beute nicht einmal, sie ist einem größern Kopfe als ihr seyd, bestimmt, der mehr Witz und Muth besitzt als ihr.

Laubenst. (auffahrend) Was wollt ihr mit dem alten Ritter!

Friz. Nichts — nichts — aber seht da, ihr habt ja auch Wein mitgebracht.

Laubenst. Habt ihr nicht darum gebeten?

Friz. Nun kommt wir wollen versuchen. (sie
se=

setzen sich, Friz schenkt ein) auf euer künftiges Wohlseyn Herr Graf!

Laubenst. (bedeutend) Auch auf das eurige Herr Ritter!

Friz. Ihr wißt doch schon, daß Ritter Hugo nicht mehr im Schloße ist?

Laubenst. Nicht mehr im Schloße? hat er den Satan zum Rathgeber, der ihm unsre geheimsten Plane entdeckt — Wie ist ihm nun beyzukommen?

Friz. Dächt' ich mir doch, daß ihr wieder aufbrausen werdet — Kurzsichtiger, ist denn dieß nicht besser für uns? — aber habt ihr die Thüre verschloßen?

Laubenst. Ich hielt es nicht für nöthig.

Friz. Daß man uns belauschen könne? lauren nicht hundert Ohren auf das geheimste unsrer Worte? (Laubenstain schließt zu, während den Friz schnell Gift in dessen Becher gießt — Laubenstain hat es bemerkt.)

Friz. Nun wirst du nicht lange mehr brausen, wird wohl eine Windstille den Sturm folgen.

Laubenst. (für sich) Der Teufel will seinen Bruder morden. (Kehrt zurück, laut) Wie sagtet ihr? es wäre besser für uns?

Friz. Wie könnt' ihn denn sonst Heinrich vor die Versammlung rufen, er mag kaum noch im
Schlo-

ein Schauspiel.

Schloße angekommen seyn, so muß er schon die Nachricht erhalten haben, so schnell schickt ich hin.

Laubenst. Ich hab' euch doch viel zu danken.

Friz. Werdet mir noch Dinge zu danken haben, die ihr gar nicht vermuthet.

Laubenst. O! daß glaub' ich euch ja schon aufs Wort — aber seht, ihr tragt ja itzt eine schwarze Binde?

Friz. Weil ich des Satans Arzt bin, und nun bald mit einen neuen Braten seinen Gaumen kitzeln will. Ha! ha! ha! ha!

Laubenst. (lacht auch überlaut, und verwechselt während dem die Becher, so daß der vergiftete auf Frizens Seite zu stehn kömmt.) Ihr seyd heute besonders launig.

Friz. Nur so eine Anwandlung, die gar bald vorüber flieht — trinkt doch, der Wein wird lau in dem Becher — Gräfin Elisabeth soll leben.

Laubenst. O herzlich gerne. (er leert den Becher, Friz wartet, bis er getrunken, dann leert er auch den seinigen.)

Friz. Und ihr auch Herr Graf, ihr auch! ha! ha! ha!

Laubenst. (schenkt ein) Nun noch einmal den Becher geleert, — auf euer künftiges Wohlseyn dort unten in der Hölle.

Friz. (setzt bedenklich den aufgehobenen Becher

cher nieder) Hört, wie kommt ihr auf den Gedanken?

Laubenst. War nur ein witziger Einfall — eine Anwandlung von Laune, die aber schnell vorüber flieht.

Friz. Habt ihr öfter solche Anwandlungen?

Laubenst. Ziemlich oft, und heute ganz besonders — Seht, was ich einem unsrer Knechte abgekauft, wie gefällt euch der Dolch? — seht nur wie blank.

Friz. (besieht ihn bedenklich) Sehr blank und schön.

Laubenst. Und wie spitzig? ob der nicht trefflich in den Leib eines Giftmischers passen mag.

Friz. Eines Giftmischers?

Laubenst. Nur eine Anwandlung von Laune —

Friz. Liebster Graf, möchtet ihr mir nicht den Dolch auf einige Stunden leihen?

Laubenst. Ihr würdet schon in einer Sekunde daran genug haben — Seht wie er spielt, nur ein Stoß und der ränkevollste Kopf, würde zu denken aufhören — seht! — seht! —

Friz. (ausweichend) Schön, recht schön. (für sich) Er ist wahnsinnig, oder das Gift macht seine Wirkung. (laut) Mir scheint ich bin nicht sicher genug bei euch (er legt sein Schwert vor sich auf den Tisch.)

Lau-

ein Schauspiel.

Laubenst. (den Dolch wieder verbergend) Ihr werdet noch sicher genug hier seyn — Nun sagt mir geht ihr heute mit vor Gericht? — Possen, wie könnt ihr denn — man sagte mir, der Satan will heute seinen eigenen Arzt speisen, weil er ihn den Braten nicht bringen konnte.

Friz. Ihr habt wunderbare Reden — Aber wie warm mir wird (er reißt seinen Wams auf, und macht sich Luft) Puh! wie heiß es mir durch alle Adern fährt, es zieht auch keine Luft hier (trinkt) wie der Wein hinab zischt, wie auf glühendes Metall — mir ist so heiß, und wie ist denn euch?

Laubenst. Kalt wie Eis, es hat eine Kälte, daß mir die Zähne klappern — ha! ha! ha!

Friz. (mit einem Schrei) Ah! was war das? Mord und Hölle, das stach hier — und itzt wieder —

Laubenst. Der Braten Herr Arzt — der Braten.

Friz. (keuchend) Was ist das? solltet ihr etwa? (besieht den Becher, und stürzt zusamm) Hölle! ein Teufel hat den andern überlistet, aber es soll euch nicht unvergolten bleiben (er faßt sein Schwert, Laubenstain entreißt es, und schleudert ihn zurück.)

Laubenst. Was willst du Ohnmächtiger?

Friz. (krümend) Ha! das war euch vermeint,

und traf mich, es brennt wie Feuer der Hölle in mir — O! — o! das ist unerträglich! — und ich soll noch betteln vor meinen Mörder? (richtet sich mühsam auf) Graf ich wollt' euch tödten, ihr seht ich bin kein feiler Bösewicht, euer Gold konnte mich nicht blenden, ich arbeitete für mich — aber seyd großmüthig, ich kann sie nicht dulden die Martern der Hölle in meinem Eingeweide — stoßt mich mit eurem Dolche nieder — ich kann euch ja nicht mehr schaden.

Laubenst. (kalt) Sonst fodert ihr nichts? — Nun ich kann ja auch großmüthig gegen euch seyn — Da! bis auf Wiedersehn (stößt mit dem Dolch nach ihm.)

Friz. Das traf — ich dank euch, und werd es euch dort — unten lohnen. (stirbt.)

Laubenst. Nun hat er ausgerungen — und ich bin frei von meinen Kummer — Nur Haynim kann mir noch schaden, doch der muß mir noch einen wichtigen Dienst leisten, und dann will ich auch für ihn sorgen — ich kann dann allein triumphiren, und mir selbst Glück zu jauchzen. (schnell ab.)

Ende des dritten Aufzugs.

Vierter Aufzug.

(Elisabeths Zimmer.)

Es wird Nacht, und ein Gewitter scheint sich zu nähern.

Erster Auftritt.

Elisabeth, Bertha.

Bertha. Wollt ihr euch noch nicht zu Bette begeben? ihr habt der Ruhe sehr nöthig.

Elisab. Ruhe, die hier nie mehr herrschen wird — Was nennst du Ruhe, uns ist sie ein täuschendes Luftbild, nur ein Strahl, den diese Göttin von ihren dortigen Wohnsitz auf unsre Erde sendet, in diese Brust wird er nie mehr dringen.

Bertha. Der nagende Gram wird euch noch zur Verzweiflung leiten, überlaßt euch doch nicht den schwermüthigen Gedanken, euch wird gewiß noch Glück hienieden lachen.

Elisab. O ja! stütze dich nur auf diese gebrechliche Gebäude, armes Geschöpf, Glück ist ein Popanz, den die Natur im Zorne schuf, trau ja nicht ihren lockenden Schimmer, es ist eitler

Flitterſtatt; haſt du dich einmal angeklammert, dann ſtößt ſie dich höhniſch zurück in den Abgrund der Verzweiflung — O geh Bertha, laß mich allein.

Bertha. Was fodert ihr beſte Gräfin, ihr ſeyd krank, eure Seele arbeitet an einem ſchrecklichen Fieber, wie bald könnt' ihr meiner Hülfe bedürfen, ich kann euch nicht verlaßen.

Eliſab. Du haſt recht, mir iſt ſo wohl wenn ich jemanden um mich habe, und doch ſehn' ich mich auch ſo ſehr nach Einſamkeit, nach der Stille des Grabes — Bertha, dort wird man wohl die ſchwarzen Flecken an Hugo nicht ſehen, dort wird ihn kein Dunſt der Verläumbung umhüllen?

Bertha. Nein gewiß nicht, aber auch hier wird ſein edler Geiſt dieſen Dunſt zerſtreuen, und ſeine Feinde beſchämen — er wird gewiß noch im vollen Glanze eines reinen Mannes ſich zeigen.

Eliſab. (nach einer Pauſe) Wo er wohl itzt ſeyn mag?

Bertha. Vielleicht eben im Begrife, ſeine Feinde zurück zu treiben.

Eliſab. Elende Tröſterin, ſeinen Schatten meint' ich ja — vielleicht kämpft er eben itzt den letzten Kampf des Todes, der ihm nun zur Wohlthat wird (mit inniger Rührung) Ich will ſür

ſei=

seine arme Seele beten (sie sinkt in betender Stellung hin, von ihren Thränen unterbrochen.)

Elisab. (fährt erschrocken auf) Bertha um Gotteswillen was ist dieß?

Bertha. Was denn, meine Gebietherin?

Elisab. Hörtest du nichts? itzt pocht es wieder — — wo willst du hin?

Bertha. (nimmt zitternd ein Licht, und geht zur Thüre.)

Zweyter Auftritt.

Vorige, Graf Albert von Buchingen.

Albert. (im Eintretten) Verzeiht beste Gräfin, daß ich euch noch bei einbrechender Nacht störe, der brausende Nordwind durchheult den Forst, eine schwarze Wolkenlast hängt dicht herab, und es naht sich ein schreckliches Ungewitter; da erschien mir nun eine Burg wie eine Wohnung vom Himmel gesandt, und der alte Graf Albert von Buchingen wagte es bey euch einzusprechen.

Elisab. Graf Albert von Buchingen? der von Kaiser Heinrich so sehr gepriesene Albert? seyd mir sehr willkommen.

Albert. Soll das Gericht meine wenigen Thaten bis zu euch verbreitet haben? doch ja, auf

mei=

meiner Reise sagte man mir, Heinrich halte sich bei der schönen allgemein gepriesenen Elisabeth auf, und Gräfin, verzeiht dem alten Graukopf, wenn er gerne Wahrheit spricht, ich dachte mir, willst auch dort einsprechen, und sehen, ob das Gericht nicht gelogen, und traun, es hat mir zu wenig gesagt — Aber ihr antwortet mir nicht? haltet dieß etwa für Schmeichelei? ha! Albert hat auf seinen Feldzügen zu schmeicheln verlernt, ich bin noch ein Mann, der alte Sitte liebt, und kann mich bei Gott nicht an den neuen Ton gewöhnen.

Elisab. (zerstreut) Woran ihr wohl thun werdet Herr Graf!

Albert. Frau Gräfin, als ich itzt von meinen Gütern zurück kam, und mein Wort lösen wollte, zum Kaiser zu kehren, da wollt ich auch einen meiner Freunde besuchen, und es hieß auf seiner Burg, er werde vermuthlich bei euch seyn, o sagt mir, wo treff' ich ihn denn? ist er bei euch, der edle Hugo von Blankenau?

Elisab. (wie vom Taumel aufgestreckt, bebt bei diesem Namen zurück, sie sucht sich zu fassen, und eine Thräne entpreßt sich ihrem Auge, gebrochen stammelt sie:) Hugo von Blankenau — ?

Albert. Mein Gott Frau Gräfin was ist euch?

ihr

ihr werdet blaß, und zittert am ganzen Körper? ist euch nicht wohl?

Elisab. Hugo euer Freund?

Albert. Ja bei Gott, das ist er, mein bester liebster Freund, ein Zufall hat unsre Seelen fest zusammen gekettet, nur Trennung riß uns entzwey, von nun an will ich das Band fester knüpfen — O es ist ein biedrer Mann, er sprach oft von euch.

Elisab. Von mir?

Albert. Ja ja von euch, oft wenn der Mond unser Lager beschien, und die Krieger in öden Schlummer begraben lagen, da erzählte mir Hugo von euch, von euren Reitzen, von euer edeln Seele, und von Gustaven, und ich beneidete in meinen Herzen den Mann, dem eine so gute Gemahlin zu Theil wurde. Armer Hugo dacht' ich mir, dir wünschte ich ein solches Weib, denn er ist ein Mann, wie es wenig giebt, und nur ihm allein dank' ich es, daß ich noch lebe. Ha, wäre Hugo nicht gewesen, meine Gebeine moderten schon lange unbegraben auf dem Schlachtfelde, aber er rettete mich mit Gefahr seines eignen Leben — O sagt mir Gräfin wo ist er denn, daß ich bald meinen Retter umarme.

Elisab. (kann ihre Thränen nicht mehr zurück halten.)

Albert.

Albert. Thränen entstürzen euren Augen? um Gotteswillen Gräfin, was soll dieß bedeuten? (schnell) Lebt mein Hugo nicht mehr?

Elisab. Fragt sein eisernes Schicksal ob er noch athmeth, und freut euch, wenn er nicht mehr ist.

Albert. Ha täuscht mich nicht mein dumpfes Gehör? mich freuen, wenn mein Hugo nicht mehr ist? und wo sollte er seyn? droht ihm Gefahr? — O sagt doch — ich werde zwar wenig Fehden mehr bestehn, aber meine morschen Knochen sollen nicht ruhen, wenn ich meinen Freund in Gefahr weiß — o sagt Frau Gräfin, wo ist er?

Elisab. Tapferkeit vermag ihn nicht mehr zu retten. Hört Graf, und laßt euer Herz nicht brechen, es ist ein Gericht, verderblich wie die Pest — Hugo ist meines Gustavs Mörder!

Albert. (wirft sich in einen Stuhl, schwer athmend.) Ha Alter, das war zu viel für dich — auf das war ich nicht gefaßt — O ich möchte hinaus, und mit dem Sturm zur Wette heulen. — Schändliche Verläumdung Gräfin, gebt mir eure Hand, wir wollen fliehen, weit, weit von hier, ihr seyd in einem Lande, wo giftige Nattern den sichern Wandrer umschlingen — o Gräfin, Ihr habt übel an mir gethan.

Elisab.

Elisab. Und was sagt dein Herz, Mann von so biedrer Seele?

Albert. Mein Herz, das sagt trotz diesem verfluchten Gerichte: Hugo ist unschuldig — O wenn ihr ihn nur gesehen beym Heere, wie die Reinigkeit seiner Seele auf der Stirne glänzte, Gottesengel dort oben mußten sich freuen, wenn sie dieß Meisterstück der Natur sahen, und er — o mein alter Graukopf möchte zerspringen — — Nein, nein, und abermal nein, er ist unschuldig.

Bertha. O Gott, wenn doch nur Hilfe wäre!

Albert. Ja wie denn? wo denn? — Ha eure Worte haben mich zum Kinde gemacht, ich weiß nicht mehr, was ich reb' und beginne.

Bertha. Ich erfuhr, Kaiser Heinrich habe ihn auf Anrathen, und aus Liebe vor ihm zu ein geheimes Gericht geladen.

Albert. Daher also die Unordnung auf seinem Schloße, als ich ankam, die blaßen Gesichter, und das ängstliche Stammeln, man wisse nicht wo Hugo sey — Aber Heinrich — ihn muß ich bitten, und um Gerechtigkeit flehen, lebt wohl Gräfin, lebt wohl. (will fort.)

Elisab. Wo wollt ihr hin edler Graf, o gewährt mir meine Bitte.

Albert. (mit ängstlicher Ungeduld) Nun so sagt nur, sagt nur —

Elisab.

Elisab. Laßt mich mit euch gehen, wir beyde wollen hinstürzen, zu seinen Füßen, und eure Bitten, meine Thränen werden gewiß sein Herz rühren; wir wollen nicht ablaßen —

Albert. Ja Gräfin, das wollen wir — kommt nur, kommt, und ich selbst will weinen, wie ein Knabe, (alle ab.)

Dritter Auftritt.

(Eine Gegend im Walde, in der Mitte beyder Burgen. Es ist Nacht, das Gewitter war vorüber gezogen, nur selten erhellt ein Blitz die Gegend, aber der ferne Donner wird öfter, und durch den ganzen Akt vernommen.)

Eichenrott tritt ein.

Brause Sturm, und entwurzle die tausendjährigen Eichen, streitet unaufhörlich ihr Elemente, bis das ganze Weltall in Schutt zerfalle. Ha! selbst die Schöpfung bebt zurück, ob der gräßlichen Thaten, die das Thier Mensch beginnt. Wo ist sie nun hin, die deutsche Rechtschaffenheit, wo ist er hin, jener Biedersinn unsrer Ahnen, wenn man mit tausendfältiger List an der Tugend zum Meuchelmörder wird? — Ein großer Mann soll fallen, und selbst die Natur

Natur trauert bei seinen Sturz, Aber ich, ich allein will es wagen ihn zu retten, ob ich es vermag — an mir soll es doch nicht fehlen — ha, der Schein einer Fackel durchdringt das Laubwerk! das ist Hugo — Unglücklicher, du eilst deinem Verderben in die Arme — ich will dich wenigstens halten, wenn du sinkst.

(Er entfernt sich ins Gebüsch.)

Vierter Auftritt.

Eichenrott im Gebüsche, Hugo, Berthold mit einer Fackel.

Berthold. Wie ihr es nur wagen konntet, die Burg zu verlassen, da euch Feinde zu überfallen drohen?

Hugo. O mein Berthold, ich kenne mich selbst nicht mehr, die Natur ist aus ihrem Gleise getretten, und droht in ihr Nichts zurück zu sinken, das Laster wagt es nun ungescheut, der Tugend auf den Nacken zu tretten — O es ist schrecklich, schrecklich!

Berthold. Mäßigt euch doch nur in etwas.

Hugo. Es ist schrecklich sag' ich dir, es möchten die Todten aus ihren Gräbern hervorgehn, und klagen ob der verdorbnen Sitten ihrer Enkel — Berthold, Berthold weine mit mir.

Ber=

Berthold. Sollen noch mehr Thränen meine narbige Wange netzen? (er legt Hugos Hand an seine Bruß, und sieht ihn starr an, nun fällt er ihm um den Hals, und küßt ihn feurig.) Ja bei dem allmächtigen Schöpfer! Herr, ihr seyd noch der nemliche, dieser gerade ofene Blik unter den schwarzen Wimpern kann nur der Blick eines edeln Mannes seyn? (knieend) O verzeiht mir, verzeiht, daß ich Mißtrauen in euch setzen konnte. Ich kenne die Schlangen= köpfige Hyder Liebe, o durch sie sank mancher große Mann, und auch an euch fieng ich zu zweifeln an; aber euer Blick hat mich Lügen gestraft —

Hugo. (umarmt ihn.) Berthold — und also ist doch jemand, der mich für das hält, was ich bin? ich ahndete dein Mißtrauen, und dieß war eine tiefe Wunde mehr in mein Herz, von allen verkannt, verwünschte ich den Tag, an dem ich sein Licht erblickte.

Berthold. O Herr.

Hugo. Du hast die Wunde geheilt, die mir dein Mißtrauen schlug, aber ach, hier blutet es noch immer — O Freund, einziger in meinem Unglücke, könntest du es fühlen wie es schmerzt, wie es mich der Verzweiflung entgegen treibt, in Elisabeths Augen verhaßt zu seyn. (Lehnt sich kraftlos auf seine Schulter.)

ein Schauspiel.

Berthold. Das seyd ihr gewiß nicht, — Elisabeth hat eine edle Seele, wird euch bedauern, und mit euch klagen.

Hugo. O ich möchte herumirren in den Schrecknissen dunkler Gräber, und des Todes fluchen, daß er meiner schont — aber ich werd' es bald ausgespielt haben, dieses Lebensspiel, meine Sonne wird untergehen, mitten in ihrem Laufkreise, ohne ihre Strahlen nach Wunsche versendet zu haben.

Berthold. Entschlagt euch dieser Fantasie, sie macht euern Kummer nur noch zehnfach schwerer — Und ihr wollt also wirklich vor den Kaiser erscheinen? o mein Ritter mir bangt doch ob euern Schicksal.

Hugo. Sey unbekümmert, an mir hat die Welt nichts zu verlieren, ich werde von hinnen scheiden, wie der Mond seine Runde verliert, ohne daß man darüber klagt, er wird immer wieder voll, und es werden sich noch tapfre Männer in ihrem Wirkungskreise herumtreiben. Ich kenne meine Richter, der Hauch der Verläumdung hat sich ihrer Sinne bemeistert; sie sehen nur mit einem Auge noch auf Recht und Billigkeit, und auch dieß eine hat man noch schielen gemacht. Sieh dieser Ort hier ist es, wo man der Unschuld den Stab brechen wird,

ich

ich bleibe nun hier, und warte ihrer — ob ich aber wieder zurückkehre —

Berthold. O gewiß, wenn anders noch Gerechtigkeit gilt.

Hugo. Gerechtigkeit mit der Schellenkappe der Intrigue behängt? o ich weiß nur zu gut mein Schicksal, man wird sich bald des lästigen zu entledigen wissen, und ich gieng auch mit gerader Stirne meinem Tod entgegen, nur eines macht allen meinen Mannsinn dahinschwinden!

Berthold. Könnt ich euch beruhigen!

Hugo. Das kannst du nicht Alter — Hemme den Fittig der schnellen Fama, und binde fest ihre plappernde Zunge an ihrem Gaume., das sie verstumme — mit der schrecklichsten Folter geleitet mich der Gedanke ins Grab: ich sterbe in den Augen des Volkes, als Mörder!

Berthold. O Herr, Herr, ich möchte meinen grauen Schädel an einer Eiche zersplittern!

Hugo. Aber was nützt unser Klagen, ich bin es doch in deinen, und vielleicht auch in Elisabeths Augen nicht, genug, wenn ein Freund, wenn die nach der sich alle meine Handlungen lenken mich für unschuldig hält, und nun nur noch einige Worte mit dir mein Berthold. Du weißt, wo meine beste Haabe liegt, hörst du nun ich sey nicht mehr, so theile schnell alles

unter

unter meine Diener, bevor sich der Arm meiner Richter auch nach meinen Gütern beugt, vergiß aber auch dich nicht, eine ganze Hälfte sey dein allein, und nun noch diese Umarmung, und nun lebe wohl, ewig wohl — Du weinst — o geh, und laß mir noch den wenigen Muth, den ich habe!

Berthold. Ritter Hugo, seit euren Jugendjahren hab' ich euch gedient, habe mein Blut in Fehden für euch vergossen, meine Haare sind bei euch ergraut, und itzt wollt ihr euern treuen Diener verstoßen? wollt ihn hinauswerfen in die Welt, wie eine unnütze Pflanze? —

Hugo. Berthold!

Berthold. O trennt mich nicht von euch, ich will euch im Todte begleiten, da ich bis itzt um euch war.

Hugo. (innig gerührt.) Du kannst ja nicht vor meinen Richtern erscheinen, mit Gewalt würde man dich von mir reissen, und diese Trennung wäre schwerer, denn die itzige. Geh Berthold, und hier meine Hand darauf, wir sehn uns hier noch einmal, entweder wenn ich gerettet werde, oder es soll dieß meine letzte Bitte seyn — bist du zufrieden?

Berthold. Ja — dieser Trost stärkte mich wieder — Lebt wohl Ritter Hugo — lebt wohl —

wohl

wohl! — (trennt sich schwer unter heißer Umarmung.)

Hugo (allein, sehr bewegt und unruhig.) Wie der Sturm durch die Bäume sauſt, und er ferne Donner daherroſſelt — Noch iſt es nicht Mitternachte, ich komm zu früh hieher — Eine ſolche Nacht zu erleben — das hätt' ich mir nicht gedacht — armer Hugo, du biſt tief, tief von der mühſam errungenen Höhe geſtürzt worden — — Wie der Gram an allen meinen Gliedern nagt, kaum vermag ich mich aufrecht zu halten. (ſinkt auf einen geborſten Eichenſtamm) Wie? ein Schlaf drängt ſich in meine Augen — vielleicht der ewige Todesſchlaf — O! wenn der ſo ſanft würde (Er entſchlumert, Eichenroth tritt hervor.)

Eichenr. (betrachtet den Schlummernden.) Er ſchläft — O ſchlafe ewig, und du wärſt deiner Leiden überhoben. Welche Ruhe auf ſeinem Antlitze herrſcht; armer Verfolgter, ſelbſt in dieſem wohlthätigen Schlummer muß ich dich ſtöhren, wenn du nicht hinterliſtig fallen ſollſt— Ob ich es wage? nein, nein, ſchon naht der Todesengel, ich muß ihn wecken (er ſchließt ſein Viſier, und rüttelt ihn) Hugo, Hugo erwache aus deinem Todesſchlaf!

Hugo. (auffahrend) Wer wagt es? — wer
biſt

bist du, der du diesem wohlthätigen Schlummer von meinem Antlitze wegbrüllst?

Eichenr. Dein Freund.

Hugo. Freund? o ja. dieß Wort strömmt nun häufig aus jedem Munde, und der Mörder mit dem Dolch in der Faust nennt sich nun auch Freund!

Eichenr. Hier in dieser schaurigen Wüste konntest du schlafen?

Hugo. Und was trieb dich an mich zu stören, bist du ein Gespenst der Nacht, das zu ewiger Qual verdammt den Wandrer beunruhigt?

Eichenr. Ist dieser Händedruck ein Zeichen eines Nachtgespenstes?

Hugo. (ihn anstarrend) Nein bei Gott eines braven Mannes — wer aber bist du? was willst du von mir?

Eichenr. Dich retten, dich dem Schlummer entreißen, da eine giftige Schlange daher schleicht! — Hugo — hast du Muth?

Hugo. Was soll diese Frage?

Eichenr. Nun so schwöre mir bey allem, was dir heilig ist, bei Elisabeths Liebe, mit mir zu fliehen, weit, weit von diesem Orte, wir wollen Deutschland verlassen, das an uns zur Stiefmutter ward, und fremden Nationen unsern Arm, unser Schwerdt leihen.

Hugo. Nein, bei Gott nein, das werd ich

nie — du wer du immer bist mein Freund, den ich durch das geschlossene Visier nicht kenne, nimm meinen Dank für deine Mühe — aber höre auch meinen Entschluß — Hugo flieht nie vor seinen Feinden.

Eichenr. Und stirbt auf dem Schaffote! — Hugo, du bist ja Gustavs Mörder.

Hugo. (reißt sein Schwerdt aus der Scheide) Verdammte Lösterzunge! haben dich Teufl gesandt mich zu quälen?

Eichenr. (hält kalt seinen Arm zurück) Schweig, wenn ich nicht verstummen soll — sagt' ich du seyst es wirklich? aber du mußt es seyn, mußt sterben, wenn du nicht fliehst.

Hugo. So will ich es dann, ich sterbe unschuldig.

Eichenr. Und Elisabeth soll dir fluchen?

Hugo. (lehnt sich trostlos auf seine Schulter) Freund! (er kämpft lange mit sich selbst) Ja es ist beschlossen, Elisabeth wird mir nicht fluchen — ich kann nicht fliehen — Ein Seufzer drängt sich durch das geschlossene Eisen? deine Brust pocht laut unter dem Panzer hervor? o sag, sag wer bist du, dem so sehr mein Wohl am Herzen liegt?

Eichenr. (sieht in das Gebüsch, und bebt zusammen) Ha! flieh, flieh, dort naht dein Mörder — um Gotteswillen flieh, und rette dich für Elisabeth. Hugo.

Hugo. Ha! wer bist du, der du mir itzt mit so bekannter Stimme sprichst? —

Eichenr. Wahnsinniger, wenn du nicht fliehen willst, so wehre dich, und trau der bunten Schlange nicht. (er weicht schnell ins Gebüsch zurück.

Fünfter Auftritt.
Hugo, Haynim vermummt.

Haynim. Hier muß ich ihn gewiß treffen — spiele deine Rolle gut, Haynim, du mußt nun einen schleichenden Schelm abgeben — Ha, hier ist er ja! — Seyd ihr Ritter Hugo von Blankenau?

Hugo. Wer frägt? was wollt ihr?

Haynim. (nähert sich immer, Hugo tritt zurück) Euch warnen will ich Ritter — euch abhalten, daß ihr nicht zum Gerichte kommt.

Hugo. Laßt euch das nicht kümmern, euch werd' ich nie zu Rathe ziehn.

Haynim. Ihr verkennt mich Ritter!

Hugo. Hab' ich schon Verlangen nach eurer Bekanntschaft geäussert?

Haynim. Aber ich nach der eurigen — O wenn ihr sehen könntet, wie die arme Elisabeth um euch jammert!

Hugo. (wird aufmerksamer und vertrauter) Elisabeth sagt ihr?

Haynim. Ja, ja, die arme Gräfin ist trostlos über das Gräßliche eurer That.

Hugo. Meiner That? meiner That?

Haynim. Und heißt es nicht so? — aber, wähnt ja nicht, daß ich das von euch glaube — ha ich sehe tiefer als ihr! — Der arme Hugo dacht ich mir, ich möchte blutige Thränen weinen; und da fuhr der Gedanke in mir auf, euch zu retten — ich will hindern, daß das Urtheil der verblendeten Richter euch nicht mehr erreichen könne — aber vorher Versprechung eurer Freundschaft. (Eichenr. zeigt sich im Hintergrunde; und zieht sein Schwerdt.)

Hugo. Nie werd ich eurem Rathe folgen, daß ich euch aber nicht hasse oder verachte, hier meine Hand darauf.

Haynim. (zieht heimlich einen Dolch) O ihr seyd ein Mann nach meinem Wunsche, kommt an meine Brust, daß Umarmung und Kuß uns fester verbinde (er nähert sich, und will den Dolch rückwärts in seinen Leib drücken.)

Eichenr. (stürzt hervor, und verwundet Haynim mit dem Schwerdte) Ha Schlange, für dich dein Gift, daß du nicht andre anblasest.

Haynim. (greift nach der Wunde, und taumelt an einen Baum zurück)

Eichenr. (zu Hugo) Und du, der du meine

Warnung nicht geachtet, sieh hier das Werk deiner Leichtgläubigkeit — komm sag ich dir, du mußt mit Gewalt fort. (zieht ihn mit sich fort)

Haynim. Ha der Streich traf, und ich kenne den Mann nicht — gut, daß der Panzer den Stahl hinderte — aber er drang doch tief, tief hinein — recht Haynim, hättest du dein Schwerdt geführt, er wäre dir nicht auf den Leib gekommen — aber verflucht sey der hinterlistige Dolch, und ich Thor, daß ich mich dazu verleiten ließ!

Sechster Auftritt.

Haynim, Laubenstain.

Laubenst. Ha — Haynim, nun? hast du tief den Dolch in seinen Körper gedrückt? — wie hat er sich gebehrdet?

Haynim. O er verzehrte die Mienen, daß mir noch schaubert — Der Dolch drang nicht tief, denn er hat ihn nicht erreicht, aber das Schwerdt; da seht — (weißt ihm die Wunde)

Laubenst. (bebt zurück) Haynim, du verwundet? — und wo ist Hugo?

Haynim. Fort mit seinem Retter, fort zu allen Teufeln — und ich wollt ihr wäret es auch schon.

Laubenst. (für sich) Darf doch ich dich nich hinsenden — sollst mir nicht mehr genesen an de
Wun=

Wunde — der Arzt wird den Verband vergessen. (laut) Und Hugo fort — ha du bist eine Memme, die sich zurück scheuchen ließ.

Haynim. Lang keine so große, wie ihr seyd, sonst wäret ihr selbst hieher gekommen — Diese Wunde hier ist nicht tödtlich, wird bald geheilt seyn, aber euch dien' ich nicht mehr, ihr seyd von nun an mein Herr nicht, und hört meine Warnung — Wenn ihr Hugon morden läßt, und mit Gewalt zur Verbindung zwingt, so treff euch ewiger Fluch, ihr seyd ein Schurke ohnes Gleichen.

Laubenst. Daß ich dir mit dem Schwerdte den Kopf spalte!

Haynim. Wagts nur, wagts nur, ich hab' auch eines an meiner Seite — Schelmisch ist es von euch, daß der Ritter ohne Verschulden aus der Welt geblasen wird, wie der Staub aus der Rüstung. Und Elisabeth wird euch darob nie mehr schätzen, wird euch nie lieben, und ihr werdet zum Satan an ihr, der ihre Tage durch sein Anschauen verbittert!

Laubenst. Nur noch ein Wort über deine Zunge, und bei Gott —

Haynim. Ha nennt den ja nicht, und seyd froh, wenn er auf euch vergißt — Hört Graf, wenn ihr euer Bubenstück vollendet, so soll meiner

ner Seele dieser Dolch in euren Körper bringen. (schnell ab.)

Laubenst. Bube, Bube, dich will ich schweigen machen! (er eilt ihm nach.)

Siebenter Auftritt.

Hugo (tritt rasch ein) Eichenrott (folgt ihm.)

Hugo. Nein, ich schwöre dirs, fürchterlicher Mann, ich folge dir nicht, (an das Schwerdt schlagend) und soll ich diesen zum Vertheidiger brauchen.

Eichenr. Und also gilt keine Uiberredung?

Hugo. Keine.

Eichenr. O Freund, du tödtest deinen Eichenrott. (schlägt das Visier auf)

Hugo. (in seine Arme stürzend) Mein Eichenrott!!!

Eichenr. (mit bangen erwartungsvollem Tone) Und du fliehst also nicht?

Hugo. (standhaft) Nein! (er umarmt ihn) Ich kann nicht!

Eichenr. Arme Elisabeth, wehe dir, du liebst unglücklich, und doppelt weh mir, der ich dieser Liebe aufhalf. — Du hast Recht Freund, bleib, handle als ein Mann, der Rechtschaffenheit

heit ehrt, nur Liebe zu dir spornte mich an, dich wanken zu machen, aber ich will es nicht mehr, will nun hingehn zu meiner unglücklichen Schwester sie zu trösten, und wenn ich das nicht mehr kann, und ihre Thränen noch immer fliessen, laut Rache, Rache rufen!

Hugo. Freund, Bruder, schone meiner!

Eichenr. Und nun lebe wohl, du einziger, an dem meine Seele unzertrennlich gebunden — O komme noch einmal an meine Brust, laß dich fest an dieses Eisen drücken, daß mein Herz noch einmal das Klopfen des deinigen fühle, dieser Kuß sey der letzte auf deine Wange, und nun lebe wohl, ewig wohl! (drückt ihn inbrünstig an seine Brust, reißt sich schnell los, und entflieht.)

Hugo. Er ist fort, und ich steh einsam, von allen verlassen, wie die Eiche im öden Felde. Ach es machen mich fürchterliche Stürme wanken — Elisabeth — Elisabeth ich bin nicht Schuld an deinen Thränen — Ha! wer naht? — ja das ist Heinrich — es sind meine Richter!

Achter Auftritt.

Hugo, Heinrich, und einige Ritter. (Das Gewitter ist vorüber, es scheint sich etwas aufzuhellen, und nur ferne hört man manchmal den Donner.

(Wie

(Wie Heinrich eintritt, hat sich Hutzo zurück-
gezogen, und bleibt im Gebüsche, den Rittern, aber nicht den Zusehern verborgen.

Heinrich. Noch niemand hier? eine öde Stille
beherrscht den Ort — es war eine schaurige
Nacht, Ritter, nun ist der Sturm vorüber, und
der Mond erleuchtet bloß die Gegend. — Wie
die Natur so ruhig scheint nach einem heftigen
Sturm — ach und hier will es nicht ruhig wer=
den! Heinrich was beginnst du? du willst durch
ein Wort ihn hindern in seiner Thätigkeit —
Schweres Richteramt, wenn ich deiner enthoben
wäre! — Ha wie der ferne Donner rollt, und mir
droht, daß ich nicht Herr über meinen Mitbru=
der bin! — — Aber wo ist Laubenstain?

Einer der Ritter. Seht, hier kömmt er eben.

Laubenstain (naht sich langsam mit verstör=
ter Miene.)

Heinrich. Nun Herr Graf, wo weilet ihr so
lange? wie kommt ihr von dieser Gegend?

Laubenst. Ich verirrte mich im Gesträuche.

Heinrich. (nimmt ihn vertraulich bei der
Hand) O hätt' auch ich mich verirrt, daß ich
hier nicht erscheinen dürfte. Marschall, mir pocht
es so ängstlich im Busen! — meine Brust füllen
bange Zweifel, und mein Geist sieht schon die

schreck=

schrecklichste Reue bloß mit entstelltem Antlitz machen — o Graf ich möchte wieder zurückkehren.

Laubenst. Daran thut mein Kaiser und Herr sehr wohl — die versammelten Ritter können sich ja wieder zurückbegeben, weil sich eurer Majestät Launen geändert — o geht doch zurück, laßt ihn frey herumwandeln — zum Schrecken jedes Rechtschaffnen, und er wird nicht säumen, den glücklich gelungenen Streich noch öfter zu wagen.

Heinrich. (erstaunt) Graf, welche Sprache hör' ich von euch? seyd ihr zur blutdürstigen Hiäne geworden? weicht so schnell jede Spur von ehmaliger Freundschaft aus euren Busen?

Laubenst. Mein Monarch verkennet mich, Hugo war mein bester innigster Freund — aber meine Liebe zu euch und zu euerm Glücke verdrängte diese Freundschaft, und willig half ich sie unterdrücken, daß sie mir nicht meinen Kummer erschwere — sie ist nun hier nicht mehr — kann Hugo gerettet werden, wird sie wieder Platz finden, aber itzt hör' ich nur die Stimme meiner Pflichten, und will nur ihrem Rufe folgen.

Heinrich. Auch ich muß es, aber mit bangen Herzen. (er hat sich auf den Stamm einer Eiche gelagert, die übrigen stehen um ihn) Ritter, ihr werdet staunen ob dieser wunderbaren Versammlung, wir müssen über einen Menschen
rich=

richten, dem ich eh mein Herz gab, der aber diese Liebe nicht verdiente. Daß ich euch hieher berief, daß ich ihn vor kein öffentliches Gericht fodern lasse, dieß, dieß ist noch eine Spur der Liebe zu ihm, die in mein Herz gewurzelt, und die ich trotz meiner Mühe nur halb heraus riß: ach ich schritt ungern zu dieser Versammlung! Sagt mir, wollt ihr richten nach Recht uud Billigkeit?

Alle. Ja das wollen wir, das wollen wir!

Heinrich. Der Beklagte ist noch nicht hier — Herr Marschall, nennt indeß Verbrecher, und Verbrechen.

Laubenst. Gnädigster Herr, o schont, schont meiner, was werden sich diese eblen Männer sagen, wenn ich Kläger meines ehmaligen Freundes bin? werden sie nicht urtheilen, es lägen geheime Intriguen zum Grunde; und ihr wißt doch, welche Uiberwindung es mich gekostet, euch meine Muthmaßung zu entdecken. Zwar ist er nun als Verbrecher mein Freund nicht mehr, aber es sträubt sich doch noch etwas in mir, daß ich zurückschaudre bei dem Namen: Kläger des Ritter Hugo von Blankenau.

Einige Ritter. Hugo von Blankenau?

Heinrich. Ist er euch noch bekannt aus der ohnlängst geendeten Fehde? auch ich habe seine

Thaten nicht vergessen, aber sein furchtbares Schwerdt wandt er auch wider seinen Busenfreund, (er hält plötzlich inne, nach einer kleinen Pause) O so redet doch ihr Marschall!

Laubenst. Euer Wille ist mir Befehl —— Hört edle Ritter! — Hugo ist des allgemeinbedauerten Graf Gustavs Mörder. Ihr schaudert zurück? das Wort ohnmöglich stirbt auf eurer bebenden Lippe? — und doch ist es so. Hugo liebte die schöne Elisabeth, sah nun kein anders Mittel für sich, diese zügellose Leidenschaft zu befriedigen, als durch Gustovs Tod, und die schwarze That wurde beschlossen, er tauchte den meuchelmörderischen Stahl in den Körper seines Freundes, um seiner sträflichen Liebe den Weg zu bahnen. — Und nun sollt ihr sein Urtheil sprechen (es herrscht eine leise Stille — Laubenstain nach einer Pause) Einer seiner Knechte, der ihn morden half, klagte ihn an von Reue gefoltert, und diese Schrift —

Hugo. (der sich nicht mehr zu halten vermag, stürzt hervor) Ist falsch, und eine verdammte Lüge — Todt und Verderben über euch Heuchler! Ha schäume nur vor Wuth, schäume du schändlicher Giftmischer!

Heinrich. Hugo von Blankenau, ihr selbst! —
Hugo. Ja ich selbst bin es — Ha Kaiser Heinrich,

rich, bangt euch vor meinem Anblicke? — o dann
müßt ihr mich nicht ansehen, ihr möchtet den
wüthigen Blick meines Auges nicht ertragen kön=
nen — er möchte vielleicht zu tief dringen, und
euch Wahrheit sagen.

Heinrich. Ritter mäßigt euren Ton.

Hugo. Mäßigen? o! ich will euch Wahrheit
entgegen brüllen, daß euch die Ohren gellen sol=
len. Schande, Schmach und Schande auf bes=
sen Haupt, der, von tückischen Buben geblendet,
es wagen dürfte, einen Unschuldigen zu richten?

Heinrich. Nein das ist zu viel, mit so frecher
Stirne könnt ihr mir trotzen, eure wüthigen
Blicke sollen mir drohen?

Hugo. Ha fühlt ihr das? fühlt ihrs?

Heinrich. (entrüstet) Und auch ihr sollt mei=
nen ganzen Zorn fühlen, schändlicher frecher
Meuchelmörder!

Hugo. (in äusserster Wuth) Ha Meuchelmörder!
(er will schnell sein Schwerdt aus der Scheide
ziehen, einige Ritter fallen ihm in den Arm.)

Laubenst. Unerhörte Frevelthat, in unsrer
Gegenwart! eine Majestätsverletzung!

Hugo. (mit bitterm Lachen) Und das geht
euch so sehr zu Herzen, edler Mundschenk? —
Ritter hört von mir einige Worte, aber schaft
mir diesen Mann aus den Augen, oder ich wer=

de noch zum Mörder an ihm. (**Laubenst.** weicht zurück) Ihr sollt mich richten? nun so richtet dann, aber nehmt mein Bekenntniß, ich bin bei dem allmächtigen Gott unschuldig — ich liebe Gräfin Elisabeth — o es ist ein trefliches Weib, ein Meisterstück der Schöpfung, und ich liebe sie unaussprechlich — und ist Liebe ein Verbrechen? hat uns nicht die Natur diesen Trieb gegeben? und uns durch die reine keusche Liebe geläutert, ihr selbst näher gerückt, und ihr wollt mir dieß zum Verbrechen anrechnen, weil ein Bube, der nach ihren Reitzen verlangt, und seinen Durst nicht befriedigt sieht, weil der durch niedrige Ränke mich zu stürzen sucht? weil er Glauben findet, und man sich nicht scheut, der Unschuld den Stab zu brechen?

Heinrich. Hugo, Hugo wart nicht ihr es, der mir Gift in dem Freundschaftsbecher beibringen wollte?

Hugo. (er weist ihm verächtlich den Rücken) Diese plumpe List ist zu tief unter mir, daß ich mich vertheidigen sollte.

Laubenst. Edle Ritter! wo ist euer Muth, daß ihr dasteht, wie vom Steine gehauen, und unser Obrrhaupt beschimpfen läßt, daß ihr kaum gehindert, daß man ihn mit dem Schwerdte gemordet! (Einige wollen Hugon das Schwerdt nehmen.) **Hugo.**

Hugo. (reißt ihnen los) Wagts nur ... meinen Kaiser hab' ich mich vergriffen, ... ihm gieb ich mein Schwert hin, (läßt ... nen Füßen fallen) er straft das Verbrech... zu mich Zorn, und aufgeschrecktes Gefühl m... ner Ehre verleitet — aber läßt es laut au... fen ich bin Gustavs Mörder nicht, ober m... Blut falle dann auf eure Seele, und das Ge= bet der späten Reue werde euer Fluch. (er ent= fernt sich mit dem Bewußtseyn seiner innern Größe.)

Heinrich. (schlägt beide Hände über das Gesicht, und ruft mit innigster Rührung) Schrecklich! schrecklich!

Ende des vierten Aufzugs.

Fünfter Aufzug.
(Ein tiefes Gefängniß auf Elisabeths Schloße, durch eine Lampe erhellt.)

Erster Auftritt.
Hugo (sitzt auf einen Stuhl und scheint zu ruhen, nun ermuntert er sich. Im Hintergrunde sieht man durch ein Gitter die Wache.)

Welch ein schauriger Ort, wie die Nässe dem geborstnen Gemäuer enträufelt, und dieß mein

Aufenthalt — ha die schwüle Luft macht mein Herz noch ängstlicher pochen, und ich soll ja ruhig seyn — ruhig? — ruhig; da man mir alles geraubt, was mir theuer war — wie sie mir so heiter lächelte die Sonne meines Glücks, ich hatte einen Freund, eine Geliebte, und itzt drängten sich düstre Nebel daher, und die Sonne verlosch — und was nun weiter — wird sie mir dort wieder lächeln? wird mich nicht ewiger Todesschlaf fest an sich halten? — O Elisabeth für mich bist du hier nicht mehr — und dort — nur vielleicht, vielleicht auch nicht in jeder großen Leere jenseits des Grabes — — (sinkt in Gedanken bedukt auf seinen Stuhl hin.)

Zweyter Auftritt.

Hugo, Elisabeth.

Elisab. (noch von innen) Zurück, hab nicht ich in meinem Schloße zu gebiethen?

Hugo. (auffahrend) Das ist Elisabeth!

Elisab. (stürzt herein, betrachtet ihn mit gerungenen Händen, und sinkt erschöpft zu seinen Füßen hin.)

Hugo. (beugt sich über sie, und ruft im Tone der Verzweiflung) Elisabeth!

Elisab. (erhollt sich wieder, und richtet sich an ihm auf) Hugo, bist du es wirklich?

ein Schauspiel.

Hugo. Gräfin, ihr an diesem Orte, ihr konntet euch noch herablaßen zu mir zu kommen (mit banger Erwartung) oder bin ich rein in euren Augen? spricht mich euer Herz frey von der schwarzen Beschuldigung?

Elisab. (ihn umarmend) So mußt' ich dir wieder finden?

Hugo. (freudig) O ja ich bin unschuldig vor euch, und nun will ich ja gerne, will ruhig sterben.

Elisab. Sterben? mein Hugo, das wirst du nicht — ich deine Elisabeth — will für dich sterben.

Hugo. O ich kann sie nicht mehr ertragen diese Szene. (sinkt kraftlos auf ihren Busen, nun ermahnt er sich wieder) Beste Gräfin, wenn es Hugo noch wagen darf euch zu bitten, o so hört mich, ich beschwöre euch verlaßt mich, ich kann es nicht ertragen, euer Jammer drückt mich zu Boden.

Elisab. Ich dich verlaßen? und wenn Heinrich und alle deine Feinde sich bemühten, mich sollen sie nicht von dir trennen. Ich will sterben mit dir, wenn uns keine Hilfe mehr entgegen lacht.

Hugo. Hilfe und Ruhe sind von uns verschwunden, nur dort, wo im mitternächtlichen Schatten, der Todesvogel ächzete, nur dort wartet Ruhe unser — aber ihr liebste beste Elisabeth,

folgt

folgt meiner Bitte, lebt, lebt für euern edeln Bruder, denn euer Tod und der nagende Gram seine Haare bleichen würde, eh das Alter sie bereift, — nur weiht einige Thränen meiner Asche, und denkt er hat mich geliebt, wie wenige lieben.

Elisab. Hugo, Hugo du tödtest mich!

Hugo. Nein Elisabeth ihr müßt leben, bis euch das Schicksal hinüber winkt, harret in Geduld bis wir uns dort wieder finden — (Elisabeth sinkt an seinen Busen, er ist über sie gebeugt, sie weint, man hört den dumpfen Ton einer Glocke.)

Elisab. (wie vom Donner geschreckt auffahrend) Hugo, was ist dieß?

Hugo. Die Verkünderin meiner baldigen Ruhe.

Elisab. Gott im Himmel erbarme dich! (sie sinkt neben ihm hin auf einen Seitengrund, Hugo ist in sprachlosen Schmerz über sie gebeugt.)

Dritter Auftritt.

Vorige, Laubenstain mit Wache.

Laubenst. (für sich) Tod und Verderben Elisabeth hier! (laut) Hugo, ihr hörtet den Ruf der Glocke?

Hugo. (ohne ihn eines Blicks zu würdigen) Ich bin nicht taub!

Laubenst. Nun auf Trotziger, man wartet deiner!

Hugo. O ich seh schon meinen Henker vor mir stehn.

Laubenst. Fort denn, wird sich der Wurm noch krümen, wenn ich ihn zertretten habe?

Hugo. Mann mit deiner höhnisch lachenden Teufelsmine, es ist dir gelungen, du triumphirst über das vollbrachte Bubenstück, aber zittre, daß nicht eine schreckliche Flamme der Reue dein Aug blende — Deiner Verbrechen sind viele, du wirst schwer zu rechnen haben.

Laubenst. Was soll das Zaudern, fort von hier.

Hugo. Elisabeth — lebt wohl! —

Elisab. (sich aufrichtend) Wo willst du hin Hugo?

Laubenst. Fort, für sein Verbrechen zu büßen.

Elisab. Ach Laubenstain, ist denn keine Rettung mehr?

Laubenst. (kalt) Keine!

Elisab. Graf, ich weiß, ihr vermögt vieles bei Heinrichen, o geht, bittet ihn in meinen Namen, bittet ihn nur um einige Tage Aufschub, es ist ja eine so kurze Zeit.

Laubenst. Ich habe strengen Befehl, nur nach vollbrachter Strafe zu erscheinen.

Elisab. Marschall, können euch denn keine Bitten rühren? O! seht mich hier zu euren Füs-
sen

sen um Mitleid flehen — Graf, laßt euch bewegen von den Thränen eines Weibes, daß ihr zu lieben vorgabt — geht, eilt hin zu Heinrichen!

Laubenst. (mit tückischer Schadenfreude) Ohnmöglich, was ich eh vermochte, ist nun zu spät — ich kann nun nicht mehr weilen, auf Wache vollzieht euren Befehl!

Elisab. (entrüstet in wilder Verzweiflung) Unmensch, den die Natur verwahrlost, und zum Tieger schuf, höhnisch lachend sahst du auf mich herab, wie ich zu deinen Füßen lag und freutest dich meiner Qualen! — O! du wirst nicht mehr bitten hören, das Weib, das du lieben wolltest, und an ihr zum Teufel wirst — Wagt' es nur meinen Hugo anzutasten, ich allein hab in meinem Schloße zu gebiethen, und ihr sollt sehen, was ein liebendes Weib vermag, — ich will dich mit Riesenstärke umklammern — o nein — Hugo! (sie will ihm umschlingen, und stürzt von der heftigen Anstrengung entkräftet sinnlos zu Boden.)

Laubenst. (schnell) Nun greift zu Wache, ich bin des Zauberns müde (sie nähern sich, Hugo tritt zurück, wirft einen wehmuthsvollen Blick auf Elisabeth, und geht standhaft fort, Laubenstain, und einige Wache begleiten ihn, andre tragen die ohnmächtige Gräfin fort.)

Vier=

Vierter Auftritt.

(Saal wie im dritten Aufzuge.)

Heinrich (gedankenvoll) dann Graf Albert von Buchingen.

Heinrich. Endlich ist sie vorüber, diese schauervolle Nacht, und der Morgen bricht heran — Aber ein Morgen, schrecklich, wie noch mehrere folgen werden, Heinrich, Heinrich wenn er unschuldig wäre! (Albert tritt ein) wer stört mich?

Albert. Erlauchter Heinrich, der alte Albert will euch einen guten Morgen wünschen.

Heinrich. O wünscht ihn euch selbst — seht ihr wie die Sonne dort roth heraufflammt — es wird ein blutiger Tag werden.

Albert. Eben so roth gieng die Sonne auf, als die Schlacht mit Rudolfen von Schwaben begann — denkt ihr noch wie wir da kämpften — der tapfre Eichenrott, Hugo von Blankenau —

Heinrich. (bebt zusammen) Hugo — o nennt ihn mir nicht diesen Namen (nach einer Pause) und so früh habt ihr schon ausgeruht von der gestrigen Reise ermüdet?

Albert. Weil hier meines Bleibens nicht ist — ich komme um meine Entlaßung zu bitten.

Heinrich. Und wollt wieder reisen?

Albert.

Albert. Ja — ich zieh wieder auf meine einsamen Güter — dort den kurzen Rest meiner Tage zu vollenden — habe mir da einen so schönen Plan gedacht, und konnt' ihn nicht ausführen — Ihr wißt ich habe ansehnliche Güter, bin aber ganz allein, und zum Grabe reif — habe weder Weib noch Kinder, ach sie sind mir alle vorgegangen, wohin nun mit meiner Haabe? — Ha Alter sagt' ich mir, du hast einen Freund — aber ich — ich habe diese Nacht so viel gesehn und gehört, daß ich lieber gar verstummen möchte — lebt also wohl — edler Heinrich!

Heinrich. Graf, bleibt noch bei mir, mir ist heute so bang, ich bin so unruhig — laßt mich nicht allein, kommt, setzt euch zu mir — — Nun, und was wollt ihr mit euern Gütern?

Albert. Ja was ich wollte, du hast einen wahren aufrichtigen Freund dacht' ich mir, der dir einst dein Leben gerettet, denn deine Hilfe vielleicht willkommen seyn dürfte — du willst ihn zum Erben einsetzen!

Heinrich. Nun? und er nahm es nicht an?

Albert. Ich reiße fort ihn zu besuchen — aber ach, wo sind meine schönen Plane? sie liegen zertrümmert, und ich kann nun wieder allein heimkehren, und meine Haabe den Mönchen überlaßen.

Heinrich. Und warum dieß?

Albert. Da steckt der Hacken, der Freund den ich suchte, o!, ich möchte weinen, wurde unschuldig verläumdet und gemordet. (aufstehend) Es war Hugo von Blankenau! (will fort)

Heinrich. (hält ihn beim Arme zurück) Was war das — Graf verstand ich euch recht?

Albert. Ihr habt mich verstanden, ob aber euer Herz —

Heinrich. Auf das war ich nicht vorbereitet (weich) und Hugo war also euer Freund lieber Graf Albert?

Albert. (gerührt) Ja beim Himmel das war er, und ist es noch bester Herr, ist es noch, und wird es bleiben — aber laßt mich von hinnen ich muß mir Luft machen, dieß alte Herz da ist zu schwach, solche Laster zu tragen — O! wenn ihr die Klagen der schönen Elisabeth gehört, es könnte mich nur das Darandenken weinen machen. (trocknet sich eine Thräne ab.)

Heinrich. (reicht ihm die Hand) Diese Thräne, kam aus edeln Herzen — ach das ich ihre bittre Quelle stillen könnte!

Albert. Noch könnt' ihr es lieber Heinrich, ich kenne euer Herz, es ist gefühlvoll und edel, sein lautes Pochen sagt mir, daß noch etwas für den Unschuldigen spricht — und ihr wollt seine Stimme nicht hören?

Heinrich. Unschuldig? beweist mir eh das, und ich will euch Küßen und drücken.

Albert. Meine Beweise — gelten freilich nicht vor Gerichte — sein allgemein bekannter Edelmuth — mein eignes Gefühl, das so laut für ihn spricht.

Heinrich. O mein Lieber, der Schein trügt, laßt euch nicht täuschen durch euer gutes Herz, das von sich selbst auf andre fließt — Selbst in mir herrscht noch etwas, daß für ihn spricht, und glaubt mir, ich wollt euch alles darum geben, wenn ich sagen könnte: Hugo ist kein Verbrecher! aber meine Vernunft — die, die spricht ganz anders.

Albert. Verzeiht dem Alten seine Worte, weil man sie dicht umhüllt mit dem Schleier der Kabale — dießmal ist eure Vernunft ein Irrlicht, das euch in den Abgrund leitet, euer Herz, euer gutes Herz spricht Wahrheit — Kaiser — Heinrich — hört doch seine Stimme!

Heinrich. Graf!

Albert. O ich versteh euch, handelt wie ihr wollt, wie man euch leitet, ich hab' euch meiner Seele verkannt — Heinrich! — großer Heinrich wo bist du hin, der du an meiner Seite gestritten? — verzeiht dem Alten wenn er zu viel sprach — er kann nicht schmeicheln, und nur

lebt

lebt wohl! (kehrt noch einmal zurück) und wenn es möglich, so rettet ihn noch — wollt ihr aber nicht, nun so mag er sterben, mag Elisabeth weinen, und vor der Zeit ins Grab sinken, mag der eble Eichenrott, und der, freilich itzt unnütze Albert immerhin klagen, ihr hört es ja nicht, und Hugo kann euch dann auch nicht mehr beunruhigen. (hält von Schmerzen inne, und bricht dann schnell heraus) Lebt wohl Kaiser Heinrich! (eilt fort.)

Fünfter Auftritt.

Vorige, Berthold.

Berthold. (noch von innen) Ich muß ihn doch sprechen (er stürzt herein, und zu Heinrichs Füßen, der ganz in sich versenkt da stand, Albert bleibt im Hintergrunde stehn, diese Szene abzuwarten, und kömmt nach und nach näher.)

Berthold. (zu Heinrichs Füßen) Gnädigster Herr!

Heinrich. (bebt auf) Was wollt ihr?

Berthold. Gehör und Gnade von euch!

Heinrich. Sprecht, was wollt ihr?

Berthold. Seht ich bin schon ein alter Knabe, das schnelle reiten taugt mir nicht mehr, laßt mich

mich eh zu Athen kommen — aber — O sagt mir doch, lebt Ritter Hugo noch?

Heinrich. Seyd ihr gekommen mich auszufragen?

Berthold. Herr, wenn ich zu spät gekommen, so will ich mich von der Höhe der Burgmauer in den Schloßgraben stürzen; aber dem Himmel sey Dank, er lebt gewiß noch, und nun hört mich — ihr könnt mir glauben, daß ich Wahrheit spreche, er wurde falsch angeklagt.

Heinrich. Ist dieß euer Anbringen?

Berthold. Hört mich nur gnädigster Herr, er ist unschuldig, und ich — (für sich) wenn sie nur schon gesagt diese Lüge — sie muß doch heraus (herausplatzend) und ich bin der Mörder.

Heinrich. Berthold! — Mann hat das Alter deinen grauen Schädel verwirrt, oder sprichst du vom Weine umnebelt? —

Berthold. Weder dieß noch das andere — ich spreche wahr — ich habe Gustaven gemordet, und er ist unschuldig.

Heinrich. Du bist mir unergründlich, deine offene Stirne, sonst Zeuge eines edeln Herzens, dein mitleidiges Herz einer solchen That fähig? Ha Albert, Albert, was sagt ihr zu diesem Vorfalle? ich bin in Zweifeln verstrickt ohne mich herauswinden zu können, rathet mir biederer Albert.

Berthold. (für sich) Ich will ja gerne hier als Mörder sterben, da ich es doch dort oben nicht bin!

Albert. Der Mann scheint mir eben so unschuldig wie sein Herr — Seht diese freie gute Miene, und ich will wetten, sein Haar ist in Ehren ergraut.

Berthold. Laßt euch nicht täuschen von meiner äussern Gestalt — O! man kann auch wurmichtes Holz schön bemahlen, ihr werdet noch anders von mir denken — Ich bin seit Hugos Jugend um ihn, und da mußt' ich nun freilich alle seine Leidenschaften kennen, mußte genau alles wissen, was um ihn vorgieng, und ich wünschte euch an meiner Stelle gewesen zu seyn, ihr hättet Wunder gesehn, welch eine große Seele ihn bewohne.

Albert. Man sieht ja beim ersten Anblick den edeln Deutschen an ihm.

Berthold. Ich merke nun, mein Ritter habe sich gewaltig geändert — er war nicht mehr der nemliche, stummer Ernst und Schwermuth verdrängten seine Heiterkeit, und oft sah ich mit heißen Thränen, wie es ihn folterte — es war Liebe zur Gräfin Elisabeth.

Heinrich. Ha der schaamlose —

Berthold. (hizig einfallend) Schimpfet nicht

Herr,

Herr, er ist ein freigebohrner Ritter, und wie sich's für einem biedern Mann ziemte, suchte er stets seine Leidenschaft zu zähmen, und ihr könnt also nicht schalten daroͤb.

Heinrich. Erzaͤhlt befehl' ich euch —

Berthold. Ist freilich keine Zeit zu verlieren — Ich sah seinen Kummer, wie er selbst seine vorige Tapferkeit vergaß — da dacht' ich mir, du kannst helfen Alter, besser du, als er, deine morschen Knochen sind nichts mehr nuͤtze, aber er kann noch seinem Vaterlande Dienste leisten (schneller, und nicht ohne Zwang) ich bestieg mein Roß, paßte auf, und Gustav sank durch mich (schoͤpft freien Othen) und hier habt ihr nun mein Ge-staͤndniß, und nun bitt' ich euch laßt meinen lieben Herrn frey, und mich ins Gefaͤngniß fuͤhren.

Heinrich. Graf Albert, der Mann ist nicht was er scheinen will — Ha und diese einzige That koͤnnte mich mit Hugo aussoͤhnen — ich will nun genau nachforschen, und mit euer Hilfe gewiß durchdringen, und weh dann einem Theile, der mich getaͤuscht hat — O geht, gebt schleu-nigen Befehl, man soll den Gefangenen auf ein bessers Zimmer fuͤhren, aber doch bewachen.

Albert. Wird mein Kaiſer mir zoͤrnen, wenn ich dieß schon ohne seinen Befehl that? wo waͤre wohl sonst Hugo? eh ich hieher kam, eilte schon

Lau=

ein Schauspiel.

Laubenstain mit Wache und dem unglücklichen zum Schaffotte.

Heinrich. Nicht möglich — er sollte es gewagt haben, ohne meinen Befehl? — Laubenstain, dein Blutdurst läßt mich schreckliche Dinge ahnden

Albert. Haltet ein, rief ich, auf des Kaisers Befehl — Dietrich warf mir einen grimmigen Blick zu, und ich ließ halb mit Gewalt den Gefangenen auf mein Zimmer führen, und von meinen eigenen Leuten bewachen —

Heinrich. Braver Albert!

Berthold. (ihm im Uibermaß der Freude die Hand küßend) O das wird euch der Himmel lohnen, bester Herr Graf, ich möcht' euch vor Freude an mein Herz drücken. Armer Ritter, in welcher Gefahr bist du gewesen? und ihr habt ihn gerettet? — nun will ich freudig sterben, und euch noch im Tode segnen.

Sechster Auftritt.

Vorige, Haynim mit entblößten Schwert einige Wache eilen ihm nach.

Wache. Halte Verwegner!

Haynim. Ihr sollt halten — fürchtet ihr etwa mein bloßes Schwert? nun da habt ihrs, will ihn schon ohne diesem hinwegschaffen.

Hein-

Heinrich. (an sein Schwert greifend, und zurücktrettend) Wer bist du Trotziger, der du dich durch meine Wachen schlägst? — Was willst du?

Haynim. Einen heimtückischen Schurken das Genick brechen! — Ich bin Haynim, Laubenstains Knappe.

Heinrich. Und was soll dieser trotzige Ton? entferne dich, oder meine Wache —

Haynim. O, laßt die Hasen, die nicht einen einzigen zurück halten können! — Hört, wenn Ritter Hugo todt ist, so falle Schimpf und Schande eines Mörders auf euch zurück —

Heinrich. (erzörnt) Auf Wache ergreift ihn! —

Haynim. (ganz kaltsinnig zu den Soldaten) Laßt das itzt ihr Helden — da seht Kaiser, seht diese Hand — was ist da?

Heinrich. Bube, Bube, du spottest unser —

Haynim. Nun so will ich's euch sagen, es ist Blut darauf, Blut sag' ich euch, und wollt ihr wissen, wessen Blut? seht doch einmal diesen Ring an! (giebt Heinrichen den Ring.)

Heinrich. Gott! Gustavs Ring, mit dem ich ihn beschenkte.

Haynim. Nun so will ich es euch auch sagen, ich hab' ihn gemordet, und mit mir Friz von Mosheim, — bezahlt von euern Marschall —

Heinrich. Ungestümmer Lästrer — auch der Unschuldigen schont deine Zunge nicht? — Ist nicht Berthold der Mörder?

Zaynim. (lachend) Berthold? — Armer Heinrich; hat man euch denn schon wieder eine Nase gedreht?

Heinrich. (mit durchdringenden Blick zu Berthold) Und du hättest mich getäuscht?

Berthold. (stürzt zu seinen Füßen, und kann vor Schluchzen kaum sprechen) Verzeihung! — die Liebe zu meinem unschuldigen Herrn — es ist die erste grobe Lüge, die ich begieng, sie hat mich mehr Uiberwindung gekostet, als ihr euch denken könnt — was wagt man nicht alles, das zu retten, was einem das liebste ist.

Heinrich. (hebt ihn auf, und reicht ihm die Hand zum Kuße) Edler Mann! (wirft sich in einen Stuhl) O Albert, Albert! in meiner Seele fängt es an zu tagen, es zeigt sich mir ein schreckliches Licht — o helft mir die Wahrheit finden — und du sprich, wie kamst du zu dem Ring

Zaynim. Hölle, wie oft soll ich es euch denn noch sagen? ich mache nicht gern viel Worte. — Ich werde nun von Henkern sterben, das weiß ich, und ist auch einerlei, denn einmal muß es doch seyn, aber vorher will ich euch noch Dinge enthüllen, die euch sollen schaudern machen — der Marschall liebt die Gräfin —

Heinrich. Faße dich kurz.

Haynim. Wills versuchen — Gustav stand ihm im Wege, und er wurde gemordet, aber auch Hugo war ein Hinderniß, denn Friz hatte seine Liebe gewittert, und um diesen wegzubringen brauchten wir nun einen vierten, der sich recht nach unserm Plane drehen ließ, ihr versteht mich schon, und da wurde die Rolle euch zugetheilt.

Heinrich. Lästerer!

Haynim. Durch euch wollten wir nun wirken, und Laubenstain bracht' es dahin, daß ihr euch selbst zum Richter aufwarft! (lachend) Und man hatte euch wohl recht zum Narren, als ich vermummt zu euch kam, und einen Zeugen wider ihn abgab.

Heinrich. Unerhörte Frevelthat!

Haynim. Friz wurde durch Gift zum Schweigen gebracht, und diese Wunde hier schlug mir ein unbekannter Ritter — hätt ich nur nicht den verwünschten Dolch gehabt, ha mit dem Schwerdt tret' ich jedem unter die Augen, aber heimtückisch kann ich nicht morden, sie ist nicht tödtlich, aber Laubenstain, der mir doch so vieles zu danken hatte, sperrte mich in ein Zimmer, und ließ sie unverbunden — Ich hemmte das Blut, stieß d;

Thü-

Thüre ein, und suchte den Meineidigen, im
Schloßhof träf ich ihn, aber er entsprang, und
nun eilt' ich hieher alles zu entdecken — Aber wähnt
ja nicht, daß ich um Gnade winseln werde, das
kann ich gar nicht — Laßt mich nun abführen!

Heinrich. Bleib Elender! — o Albert, was war
ich im Begriffe zu thun? Hugo, wirst du mir
vergeben können! — Graf, eilt, fließt hin, bereitet ihn vor, und heißt ihn zu mir kommen.
Ich lasse den Edlen bitten, er soll nicht grollen
auf mich — aber auch meinen Marschall beschei-
det hieher. (Albert ab) Ha, da naht schon die
Schlange! (Albert entfernt sich.)

Siebenter Auftritt.

Heinrich, Berthold, Laubenstain (naht
langsam mit verstörter Miene) Haynim

Heinrich. Nur näher Herr Marschall, was
fehlt euch, daß ihr mit so schwankenden Schrit-
ten einherschleicht?

Laubenst. Ich — eine kleine — Unpäßlichkeit —

Heinrich. Gewiß ein Anfall von Melancholie,
von hipochondrischer Raserei, aber kommt, ich
weiß ein Mittel für euch, das gewiß den Dunst
eurer Seele zerstreuen wird, ich will euch einen
Arzt zeigen, der euch von eurer Krankheit hei-
len wird! (auf Haynim deutend) kennt ihr diesen?

Laubenst.

herauswickeln? soll ich alle Hofnung aufgeben?
Nein, treuloser Haynim, deine Aussage wird dir
nicht frommen. (Laut) Gut, erlauchter Heinrich,
ich bin meiner Würde entsetzt, entsag' ihrer auch
gerne, will hinziehen in fremde Lande, und mei=
ne Traurigkeit, den Kummer meiner unverdien=
ten Beschimpfung mit mir nehmen — aber vor=
her will ich noch dem Mörder meines Glückes
den Lohn seiner Lügen mit seinem Todte bezah=
len. (stürzt schnell mit entblößtem Schwerdt
auf Haynim, der ihm in den Arm fällt, sie
ringen, Haynim entreißt ihm das Schwerdt,
und verwundet ihn, Laubenst. greift nach der
Wunde, taumelt zurück, und wird von eini=
gen der Wachen aufgefangen.)

Haynim. Nicht mein, sondern dein — dieß
dein Lohn, und nun fahre zur Hölle! — Ich will
in mein Gefängniß geführt werden — und laßt
mich ja nicht lange auf den Todt warten. —

Laubenst. (unter Zuckungen) Das hab' ich
nicht vermuthet! — Ha Elisabeth, Fluch dir,
schöne Schlange, und über euch Heinrich, ja
über alle will ich Verdammung ausschütten, und
mich daran laben!

Heinrich. Fort mit ihm, sein Anblick ist mir
unerträglich!

Laubenst. O daß jedes Zucken meiner Nerven
ehnfach in seiner Seele wüthe!

Laubenst. Mir das, mein gnädigster Herr! der ich euch von jeher so treu diente? — Aber sagt an, wer hat es gewagt mich zu verläumden, und mein Schwerdt soll dem Buben die Wahrheit mit Blut auf die Stirne schreiben.

Heinrich. Haynim, führ' ihn zurück, auf die Bahne seiner schönen Thaten, halt' ihm den Spiegel der Wahrheit hin, daß er vor seiner eignen Gestalt schaudre.

Laubenst. (leise zu Haynim) Die Hälfte meiner Haabe —

Haynim. (laut) Ich brauch' euer Geld nicht — wozu noch diese feige Verstellung — wenn ihr ein Mann seyn wollt, so müßt ihr nicht lügen, nicht kriechen können — Wähnt ja nicht, daß ich um Gnade bat, nein, nur euern Undank mit gleichen zu vergelten, that ich dieß, und ihr sollt es nun auch nicht läugnen, ihr habt Fritzen gemordet, und —

Laubenst. (in Verwunderung) Friz wäre gemordet?

Heinrich. (im äussersten Zorn) Ha noch eine Lüge entfährt eurem Munde, und ihr sollt meine ganze Rache fühlen, ich will euch Wahrhei[t] lehren, daß euer Geist in dem gepeinigten Körper zittern soll!

Laubenst. (für sich) Wie kann ich mich nu[n]

Elisab. Seht mich nicht an, ich bitt' euch, es sind ja meine Augen trüb von Weinen, und eine heiße Thräne rollt die Wange herab, euch könnt sie unangenehm seyn.

Heinrich. Gräfin, ermahnt euch, trofnet dieſe Thränen, euer Herz muß nun wieder der Freude Platz machen, ihr müßt erſt recht glücklich werden. — Seht wie euer Kummer auch zu den meinigen wird!

Eichenr. O komm Schweſter! — da ſieh ihn an den Mann, wie er Traurigkeit erkünſteln will! — Heinrich, Heinrich, der Todt meiner Schweſter treffe euer Haupt, ihr habt eure That durch euren Spott noch haſſenswürdiger gemacht.

Heinrich. Ihr wißt nicht, woran ihr ſeyd — beſte Gräfin —

Elisab. O nur zu gut weiß ich es! — Dieſe Schrift hier geb' ich in eure Hände, ihr werdet mir meine Bitte nicht verſagen — Sie enthält meinen letzten Willen — Wenn ich nun nicht mehr bin — ſo eröffnet, und vollzieht, was hier aufgezeichnet iſt. Darf euch Eliſabeth bitten?

Heinrich. Eliſabeth, ihr handelt grauſam an mir.

Elisab. Das könnt' ich nur von euch ſagen — doch ich will nicht rechnen mit euch — Ich ſag' euch nun das letzte Lebewohl, mein Pferd ſteht ge=

gesattelt, das nächste Frauenkloster wird mich aufnehmen; und dort will ich meine Tage zubringen — will weinen und beten — (ihre Thränen unterbrechen sie) — beten für euch, und für ihn —

Eichenr. Auch wir sehn uns zum letztenmal, lebt wohl — und ruhig, wenn ihr könnt — ich will ein Land meiden, wo man mit so hämischer Schadenfreude über den Sieg des Lasters triumphirt, mein Schwerdt soll fremden Nationen zu Hilfe eilen, und ich will mit dem Gedanken: dort oben siehst du deine Schwester, deinen Freund glücklich, im Schlachtgetümmel mein Leben enden. — Lebt wohl Heinrich, lebt wohl!

Heinrich. (ihnen nacheilend) Um Gotteswillen, bleibt, bleibt! —

Neunter Auftritt.

Vorige, Graf Albert von Buchingen, Hugo.

(Eichenrott und Elisabeth eilen der Thüre zu, da Hugo eintritt, Elisabeth sinkt auf ihren Bruder zurück und ruft:) Gott, mein Hugo!

Eichenr. Können Todte ihren Gräbern wieder steigen?

Ver-

Berthold. (eilt seinem Herrn entgegen. und küßt ihn, und bezeigt seine Freude durch Gebehrden.)

Heinrich. (Der sich indeß mit banger Miene an dieser Szene gelabt, nimmt Hugo und Elisabeth bei der Hand, und führt sie vor) Hugo! — Elisabeth! — schwer, schwer war die Prüfung eurer Treue, aber bei Gott, ich bin unschuldig an euerm Kummer, habe unwissend an euerm Sturz gearbeitet. Nun lacht die Sonne eures Glückes, werdet ihr eurem betrübten Kaiser verzeihen können, wenn er euch so entschädigen will? (legt beide Hände zusammen, sie sinken zu seinen Füßen, er umarmt sie gerührt. — Die Pantomime aller muß ihrem Mitwißen der letzten Handlung entsprechen.)

Ende des Schauspiels.